KB108515

잉골라
1,000일의 사색

# 앙골라 1,000일의 사색

| | |
|---|---|
| 발행일 | 2018년 9월 28일 |

| | | | |
|---|---|---|---|
| 지은이 | 박채완 | | |
| 펴낸이 | 손형국 | | |
| 펴낸곳 | (주)북랩 | | |
| 편집인 | 선일영 | 편집 | 오경진, 권혁신, 최예은, 최승헌, 김경무 |
| 디자인 | 이현수, 김민하, 한수희, 김윤주, 허지혜 | 제작 | 박기성, 황동현, 구성우, 정성배 |
| 마케팅 | 김회란, 박진관, 조하라 | | |
| 출판등록 | 2004. 12. 1(제2012-000051호) | | |
| 주소 | 서울시 금천구 가산디지털 1로 168, 우림라이온스밸리 B동 B113, 114호 | | |
| 홈페이지 | www.book.co.kr | | |
| 전화번호 | (02)2026-5777 | 팩스 | (02)2026-5747 |

| | | | |
|---|---|---|---|
| ISBN | 979-11-6299-325-5 03810 (종이책) | 979-11-6299-326-2 05810 (전자책) | |

이 도서의 국립중앙도서관 출판예정도서목록(CIP)은 서지정보유통지원시스템 홈페이지(http://seoji.nl.go.kr)와
국가자료공동목록시스템(http://www.nl.go.kr/kolisnet)에서 이용하실 수 있습니다.
(CIP제어번호 : CIP2018030285)

나 자신을 더 사랑하게 만든

# 앙골라
# 1,000일의 사색

박채완 지음

한국보다 불편하고 느리며
비합리적인 앙골라에서
자신의 반생을 되돌아보고 앞날을 설계한
한 조선소 직원의 비망록

북랩 book Lab

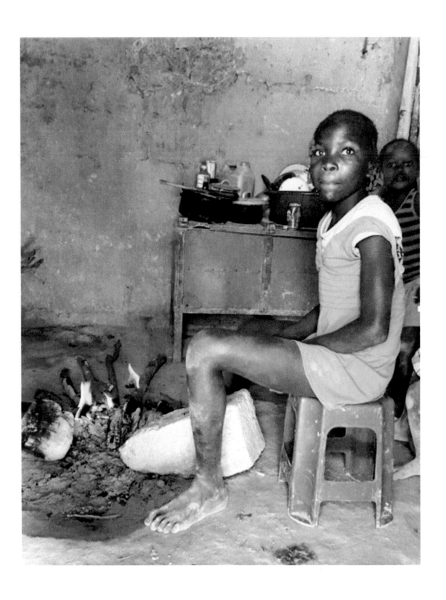

# prologue

휴가를 제외하고 1,032일을 앙골라에서 살았다. 오만에서처럼 나와의 약속을 지키고 싶었다.

'앙골라와 나를 적어서 돌아가리라.'던.

사십 대에 도착해서 오십대의 나이를 이곳에서 맞이했다. 요즈음 나의 연령대에서 기대되는 평균수명의 얼추 반 이상을 살았다. 한번쯤은 중간 점검이 필요하지 않을까 하고 끊임없이 의무감이 들기 시작할 즈음 아프리카 앙골라로 오게 되었다.

이곳은 한국보다 불편하고, 느리고, 비합리적이지만, 이곳에서 가장 흔한 것은 다행히도 시간이었다. 지난 번 3년을 머물렀던 오만에서 복귀한 후에 출간한 책은 그저 욕심으로 인한 의욕이 앞서 낯설고 신기한 것들을 무조건 책에 담으려 헤메고 다녔던 기록이었지만, 다행히도 앙골라는 내전 직후의 아직도 불안정한 나라. 함부로 돌아다닐 수도, 눈에 보이지도 않는 지뢰를 피해 보려 무턱대고 낯선 길로 돌아갈 수도 없는 나라였다.

가족들을 데리고 오지도 못했기에 퇴근 후나 쉬는 날은 오롯이 혼자만의 시간을 가질 수 있었다. 그리고 가족의 빈자리를 아쉬워하는 시간보다는 나는 누구인가를 돌아볼 수 있는 넉넉한 시간이었다.

이곳 앙골라에서의 생활은 쉼 없이 달려만 오던 삶을 잠시 멈추고 나를 더 사랑하며 생각하게 만드는 시간이었다. 성장이 멈춘 것이 아니라 더 많은 생각의 나이테를 두르는 머뭇거림이라고나 할까. 살려고 무작정 달려오기만 한 생활에서 벗어나 느린 걸음으로 나와 주위를 돌아보며 지낼 수 있었다. 이 기간에는 누군가의 조언도 필요 없었고, 욕심을 내어 더 많이 보려고 할 필요도 없이 일상에서 마주하는 모든 것들을 나 자신의 기준으로만 생각하고 또 생각해 보았다. 그렇게 나는 누구이며 무엇을 할 수 있고 어떻게 살기를 바라는지를 마음껏 생각하다 잠자리에 들 수 있었음이 정말 축복이었다.

아프리카 중부 적도 아래에 콩고, 잠비아, 나미비아와 인접한 앙골라, 그곳의 중부 KWANZA-SUL에 속한 Porto Amboim이라는 작은 어촌 마을은 앙골라 전체에 비하면 아주 작은 모습들만을 나에게 보여주었지만, 이 책은 여행 길잡이도 아니고 한 나라를 소개하는 거창한 소개서도 아니다. 그저 이곳에서 함께 어울린 이들과의 생활을 있는 그대로 담담히 기록하며 나의 정체성을 찾아 가던 짧은 여정일 뿐이었다. 그리고 한번쯤은 아프리카의 앙골라에 관심이 있거나 혹은 낯선 환경에서 자신의 진정한 모습을 찾으려는 누군가에게 작은 선례가 되고 싶었다.

삶을 돌아볼 나이가 되면 꼭 글로 써 보아야 한다고 믿고 있다. 일상의 짧은 생각들로 가득 찬 머리에는 자신이 누구인지를 생각해 볼 여분의 공간이 부족하다. 글로 쏟아내 버리고 머릿속을 다시 채우는 일련의 과정 속에서만이 자신을 남처럼 바라볼 수가 있다. 책을 보듯이 바깥쪽에서 나를 쳐다보아야 한다. 생을 마감하기 전에 어떻게 살 것인가를 한 번이라도 진지하게 고민해본 이가 있다면, 인생에서 조금이나마 적은 후회를 남기기위해 자신을 기록해 보기를 진심으로 권해 본다.

지미 카터의 말처럼, 후회가 꿈을 대신하는 순간부터 우리는 늙기 시작한다. 인생은 그냥 살아버리기에는 너무나 소중한 것이다.

# 부조화

우리 동네에서 가장 가까운 곳에 위치한 패스트 푸드점은 한 시간 거리의 숨베 '헝거리 라이온'이다. 순서를 기다리며 앉아 있다가 내부를 찬찬히 둘러 보았다. 함께 지내다 보니 이제는 완전히 익숙해졌다고 생각하는 까만 얼굴들인데도 헴버거 집 내부를 장식하고 있는 인테리어 속에서 마주친 이 그림을 한참을 쳐다보게 된다. 이제는 정말 익숙해 질 때도 되었건만, 불현듯 뜻밖의 상황에서 마주치는 이 까만 얼굴이 왜 낯설게 다가오는 것일까.

사람은 실제로 변하지 않고 그저 겉으로만 적응한 듯 보일 뿐이라고 했던가. 숨베 헴버거 집에서 마주친 그림과 그 그림을 바라보는 나를 낯선 시선으로 다시 쳐다보는 이곳의 아이들이 내가 잠시 잊고 살았던 나의 피부색을 돌아보게 한다.

나이가 들어 이제는 인생에 있어서도 놀랄만한 일이 그리 많이 남아있지 않다고 착각할 수도 있다. 세상은 아직도 낯선 것들로 가득 차 있고, 나는 아직도 모든 것을 겪어 보지 못한 것이고, 그래서 여전히 세상도 나를 낯선 시선으로 쳐다보고 있을지도 모른다.

다 당연하다고 여기고 넘어가는 아량과 다 아는 것처럼 여기는 자만심은 다른 것이다. 그리고 나는 비로소 햄버거 가게에서 그 작은 진리를 깨닫는 순간을 놓치지 않았다.

살면서 누구나 마주치는 일상이지만 그 일상 속에서도 뭔가 느낄 수 있었을 많은 경험이 어디 한두 가지겠나.

2015년 연말이 다가온다. 앙골라에서 연중 가장 큰 명절인 성탄절. 가톨릭의 나라답게 회사에서도 종교에 상관없이 모든 직원들에게 선물을 각자 한 박스씩 나누어 주는데. 내용물이 양주, 포도주, 식용유, 식초, 샴페인, 사탕, 쿠키, 건포도, 밀가루, 콩, 햄 깡통 등등이다. 나이와 성별을 아우르는 종합 선물 세트다. 선물의 내역을 찬찬히 훑어 보면 이 시기에 이들에게 필요한 생필품이 무엇인지를 쉽게 가늠할 수 있다.

담장 밖 어디에서도 캐롤이나 들뜬 분위기는 느낄 수가 없는데 Porto Amboim의 성탄절은 선물 박스와 함께 다가왔다. 박스

를 개봉했지만 반 이상이 알코올(포도주)인지라 취미가 없는 나
는 심심풀이 사탕과 건포도를 제외하고는 그닥 마음에 드는 것
이 없다. 숙소 경비들에게 가져다주니 좋아라 한다. 변변하게
점심 도시락도 잘 싸오지 못하는 경비들에게 오늘은 내가 산타
가 되어 본다.

2016년 성탄절에는 번거로움을 피하기 위해 3만 콰차짜리 Maxi
슈퍼의 기프트 카드가 나왔다.

경비들의 서운해 하던 모습이 아직도 눈에 선하다.

**PENSADOR** 앙골라의 생각하는 사람

그림뿐만 아니라 유사한 조각상을 종종 루안다의 호텔에서 보게 된다. 볼 때마다 많은 생각을 하게 한다. 맨 처음 이 작품을 구상한 작가의 심정을 나도 알 것만 같아서이다.

처음엔 고뇌, 지혜, 심사숙고, 미래, 현실 등등 많은 것들을 함축하는 작품이 아닐까 하고 지레 짐작을 했었다. 하지만 이곳에서 딱 일 년만 살아보면 알게 된다. 이 그림이 뜻하는 현실적인 의미를. 그저 이곳을 스처지나가는 이방인들은 절대 알 수 없는, 말로 다할 수 없는 그들의 낙담에 대해 나도 딱히 위로를 전할 방법이 없다. 그저 산티 대바의 말처럼

"낙담하지 말라. 해답이 있다면 낙담할 필요가 있겠는가? 해답이 없다면 낙담하는 것이 무슨 의미가 있겠는가?"

위로가 될지는 모르지만.

카스토르, 마우라 부부는 두 아
들을 키우며 동네 유일한 보건
소에서 근무하는 쿠바에서 온
의사 부부이다. 한국에 대한 좋
은 감정과 특유의 흥겹고 친화
적인 성격 때문에 쉽게 친해져서
자주 저녁 초대를 받았다. 나는
혼자 자취를 하는 입장이라 선
뜻 가족 단위로 누굴 초대할 여
건은 되지 않기에 가끔씩은 미
안한 마음에 이것저것 음식 재

료를 들고 방문하여 함께 음식을 만들어 먹고는 했다. 특히 김
밥을 유난히 좋아하여 함께 김밥을 말던 기억이 새록새록 난다.

앙골라에는 특별히 국민의 사랑을 받을 만한 정치가나 위인은
없는 듯하다. 쿠바 사람들은 일상에서 언급은 하지 않지만 늘
함께 하는 사람이 있는데, 체 게바라이다. 쿠바인 부부는 그의
모습이 찍힌 모자를 자랑삼아 쓰고는 하는데, 내 방에만 그동
안 받아온 모자가 몇 개는 되는지라 관심이 더 간다. 예전에 읽
었던 그의 평전은 학문적인 호기심이었으나 지금은 호감을 가
지고 그를 다시 한 번 보게 만든다. 그의 본명은 에르네스토 라

파엘 게바라 데 라세르나. 아르헨티나 출신의 공산주의 혁명가
이자 쿠바의 게릴라 지도자였다. 나의 마음 속에 늘 함께 하는
나의 체 게바라는 누구일까?

길을 가다가 마주친 너무나 흔한 정경을 하나 사진에 담아 보
았다. 사진이라는 것이 꼭 신기하고 새로워 보이는 것만을 쫓는
것은 아니라서, 가끔씩은 이렇게 너무도 익숙하고 당연한 자화
상 같은 정경을 담아두고 싶게 만든다.

좋은 것, 새로운 것, 더 값진 것만을 추구하며 돈을 버는 생활을 해왔다. 새것이 아니라하여 버리고 관계를 청산하는 일은 없었으나, 관계 속에서도 항상 새로운 발전이나 흥겨운 이벤트가 있기를 고대한 적이 많았다. 몸의 일부처럼 너무나 익숙하고 변함 없던 것들을 마음에 새롭게 담아 보는 시간이 필요하다. 집안 마당을 새로운 시각으로 볼 수 있다면 뒷산이나 높은 산에 가서는 더 큰 감명과 즐거움을 찾을 수 있으리라.

라스베가스로 이름 지어진 직원 넬슨이 사는 동네

처음 와보는 낯선 동네를 천천히 구경하며 나오다가 섬뜩한 그
림 하나를 보고 잠시 차를 세웠다. 여러 사람들이 모여 한 사람
을 총으로 쏘는 그림이다. 퍼뜩 스치는 추측 하나. 이것은 지난
내전 시절 치열한 전투가 벌어진 이 동네에서 누군가 그때를 기
억하며, 혹은 내전이 끝난 후 어느 시점에 그 시절을 기억하기
위해서 벽에다가 기록을 남긴 것이라고. 그렇다. 아직 내전이
끝난 지 채 20년이 되지 않았으니 저런 벽화가 용인되는 것이다.

호기심에 가까이 다가가 사진을 찍다가 나는 경악한다. 그리고
나 스스로에게 실망한다. 평소 선입관 없이 사람을 만나고 상황
을 냉정하게 평가한다고 생각해왔기 때문에 나에 대한 실망이

더욱 크게 와 닿는다.

가까이 가서 둘러 본 벽화에 총은 없었다. 그 대신 맥주병이 있었다.

그렇다. 서로 어울려 술을 마시며 즐기는 모습을 어설프게 표현한 그림이었다. 나는 왜 한 순간에 이 벽화에 대한 인상을 분쟁과 총으로 각인했을까? 선입관이 없다고 자부하던 뻔뻔함이여. 자세히 보지 않고 판단했던 어리석음이여. 그리고 그대로 상상의 나래를 마음껏 펼쳤던 가련한 허영심이여. 그동안 듣고 보고 느낀 이 나라의 아픈 과거가 나를 이런 기억만 가지도록 어느새 바꾸어 놓은 모양이다.

# 리오 꾸브 마을
## 아이들

낚시를 하러 해안을 향해 길게 나 있는 비포장 길을 달리다가 만난 작은 마을. 인적이 전혀 없을듯한 바닷가에 거의 다 이르러서야 나타나는 작은 마을은 전기도 물도 없는 전형적인 앙골라의 시골 모습이다.

그날 낚시를 마치고 돌아오는 나의 차량을 가로막으며 간절하게 마실 물을 달라고 부탁했던 아이가 있었다. 좀 전에 낚시를 마치고 장비를 정리하며 모두 쏟아버린 물을 떠올리며 다음에는 꼭 물을 가져오겠다는 약속을 했다. 그리고 그 약속을 3년 동안 매달 지켜 왔다. 이 외진 곳으로는 강물을 퍼 와서 팔아먹는 물차조차도 방문을 꺼린다.

집 주위에 널린 흙에 물을 섞어 반죽하여 건조시킨 흙벽돌로 집을 짓는다. 오래된 집은 분해되어 자연으로 보내지고, 다시 흙을 다듬고 널린 야생의 풀들을 모아 지붕을 이을 것이다. 이 곳에서는 집이 소유가 아니라 자연에서 빌린 것을 계속 돌려주

는 자연스러운 삶의 회귀일 뿐이다. 궁극적으로 추구해야 할 이런 삶을 우리도 예전에는 누렸다. 다만 끊임없는 물질에 대한 집착이 더 큰 욕심의 출산을 막지 못하고 현재의 지경에 이른 것일 뿐.

40도에 육박하는 막바지 더위에 마을에는 먼지가 폴폴 날린다. 평소 집 주위에서 먹이를 찾아 배회하던 돼지들마저 이 더위에는 어딘가에 처박혀 미동도 없다. 간간이 하얀 벽 주위에 내걸린 빨래마저 없었다면 아마도 사람이 살고 있으리라고는 감히 생각지 못할 잔인한 계절의 모습이다.

우기의 막바지답게 한껏 물을 머금은 잡초들은 푸르름의 극치를 이루어 인간이 만든 지붕과는 극과 극의 대조를 보인다. 이 잡초들이 제 빛깔을 잃어 지붕과 비슷한 색이 되어 버리면 살아

남은 인간들에게는 생존을 위한 가장 험난한 건기의 계절이 다시 돌아올 것이다. 불안한 4월이다. 차가 마을 입구의 언덕 모퉁이를 돌자마자 내 차를 알아본 아이 한 명이 소리를 지른다. 곧 모든 동네 아이들이 내가 마을에 채 발을 들여놓기도 전에 나의 도착을 알고 그 장소, 마을 중앙의 공터에 자석에 끌린 철가루처럼 몰아칠 것이다.

오늘도 아이들만을 위한 과자와 쥬스가 전부인데 동네 아줌마들도 아이들 뒤에서 순서를 기다린다. 몇몇 아이들이 마을을 나갔거나 지금 밭에서 일을 하느라 자기들에게도 행여 순서가 돌아올 수 있다는 치밀한 계산이 벌써 끝난 것이다. 가끔씩 아줌마들 간에 몸싸움이 있기는 하지만, 본디 그들의 것은 아니었으므로 강제로 강탈을 당할 우려는 없다.

차문을 열자 말자 몰려드는 아이들. 얼마 안 되는 과자이지만 선착순 독식의 논리를 이미 마을 아이들과 아줌마들은 잘 알고 있다. 아무리 양을 넉넉하게 가져가도 불신은 해소되지 않으리라는 것을 잘 안다. 나라 전체가 불신 속에서 허우적거린다.

나누어 준 과자를 다시 뺏기기라도 할 새라 바로 들고 뛰는 아이들. 삼 년이 되었지만 어떤 아이들의 눈에서는 아직까지도 불신과 두려움의 눈초리를 다 지울 수는 없었다. 혹여나 다시 달라고 할까 두려워서일까? 아니면 아껴 먹으려고?

이 나라의 빈곤층이 90%라는데 이 아이들은 빈곤층은 아니다. 더 바라는 것이 많으면 빈곤층이 되겠지만 이 천사들은 별로 바라는 것이 없기 때문이다. 물과 전기조차 없는데 무엇을 더 바랄 수 있을까 마는.

원래 가진 것이 없었기 때문에 지킬 것도 숨길 것도 없었으니 더 바랄 것도 없었다.

미소라기엔 참 어색한 표정의 한 소녀는 사진 찍기가 끝나고서도 과자 봉지를 움켜쥐고 경계의 눈빛으로 돌아갔다. 처키를 닮았네.

집집마다 두 칸 밖에 없는 방의 한 쪽 방을 천장 높이까지 차지
하고 있는 옥수수와 집 앞에서 뜨거운 햇살에 말려지고 있는
옥수수알들이 이들이 가질 수 있는 메마른 건기 동안의 유일한
희망이다. 오후의 그늘 아래에서는 저마다 자기들의 옥수수를
들고 나와 낱알을 털어내기에 여념이 없다.

이 마을 사람들을 동정하거나 불쌍하다는 연민 따위는 느끼지
않는다. 그들은 그들의 삶을 사는 것뿐이라고 누군가 이야기 했
듯이, 가난해서 불쌍한 것이 아니다. 남과 비교하여 스스로 주
눅이 드는 그날부터 불쌍해진다.

그리고 안젤리나 졸리의 말처럼, 불쌍해서 너희들을 도와주는
것이 아니란다. 너희들이 미래이기 때문에 그저 지금 잠시 도움
이 필요할 뿐이야.

## 교실과 교장실이
## 너무 소박하다


다시 동네에 들르는 날이다. 몇 번을 찾아갔으면서도 학교 건물
을 본 적이 없는 것 같아서 오늘은 학교를 좀 보여 달라고 부탁
을 했다. 아이들이 손을 잡고 나를 이끌고 간 곳은 헛간. 왜냐
하면 그동안 그 옆을 지나치면서 염소나 돼지를 위한 공간이라
고 믿었던 곳이기 때문이다.

문도 없는 내부 공간을 둘러보다가 앞 벽에 턱하고 걸려있는 낡
은 칠판 하나를 발견한다. 칠판이 있으니 교실이라고 믿어야 하
겠지만, 지붕도 벽도 바닥도 어디를 둘러봐도 교실이라고는
믿을 수가 없었다. 비가 오면 그대로 비가 새는 양철 지붕, 아이
들이 문 대신 들락날락할 수 있을 정도로 곳곳이 뚫린 벽채, 평
탄하게 고르는 작업조차 없이 울퉁불퉁하게 높낮이가 다른 흙
바닥, 그러니 책상과 의자는 없다. 선생님이 한 분 계시고 그분
이 교사이자 교장이라고 한다. 교장실을 좀 보여 달라고 부탁을
하자, 바로 옆에 붙은 다른 공간으로 나를 이끈다. 교실과 같은
환경에 창틀에 올려진 연필과 나무 막대에 매달려 있는 서류.

교장실이 따로 있는 것이 아니라 이 창틀 위에 모든 서류가 있단다. 순간 나는 가슴이 먹먹해지면서 알 수 없는 분노가 치밀어 올랐다.

15명의 학생이 아직 있다. 그리고 그들은 교육이 필요하다. 무상으로 제공되는 것은 선생님뿐이다. 공책도 연필도 교과서도 없는 곳이다. 세상이 공평하지 않고 인생도 공평하지는 않지만, 그래도 안전하고 쾌적한 곳에서 최소한의 기본 교육을 받을 권리만큼은 누구에게나 평등하게 주어져야 하는 게 아닐까? 유엔 아동권리 협약(1990)이 생각난다. 비준국은 모든 아동이 생명에 관한 고유의 권리를 가지고 있음을 인정하며, 가능한 한 최대한도로 아동의 생존과 발달을 보장하여야 한다. 말로만.

전기도 TV도 없는 삶 속으로 일부러 나를 던져 넣지 못하는 이 위선적인 용기를 탓하며, 나를 대신하여 그 삶의 한 가운데에서 나에게 풍요함의 소중함을 느끼게 해준 이 마을을 아마 앙골라에서 보낼 3년 동안의 삶 속에서 결코 잊지 못하고 계속 찾을 수밖에 없을 것 같다.

# 강을 가로질러
# 그물을 치는 아빠를
# 기다리는 아이들

점심이 지나서 시작된 **땡볕** 아래에서의 그물 치기는 두 시간 여
를 훌쩍 넘어가지만 아직도 노동은 그들의 아버지를 놓아주지
않는다. 덕분에 아이들도 초점 없는 눈으로 마냥 기다리고 있
다. 아직은 아이들이 들어가 그물을 치기에 중앙부는 제법 깊
은 물이다. 아버지가 나이를 먹으면 다시 이 아이들이 저 그물
을 가지고 부모를 먹여 살려야 한다. 일전에 보니 올라온 고기
의 크기나 숫자가 한 가족을 부양할 양에는 턱없이 모자랐던
것으로 기억한다. 보여줄 수확이 미미해서일까. 이방인의 출현
에도 슬쩍 눈만 한 번 마주치고는 별 반응이 없다. 이런 기다림
에 익숙하다는 것이다.

자라오면서 이 아이들이 맞이할 숱한
기다림 중의 하나일 뿐이리라.

늦은 저녁이다. 다시 전기가 끊어졌다 들어왔다를 반복한다. 책
을 좀 보려고 펼쳤다가 이내 포기하고는 방을 나와 숙소 주위를

산책한다. 이미 눅눅해진 방안의 공기가 헐떡거리는 에어컨이 다시 힘을 회복할 때까지는 시간이 좀 더 걸릴 거라고 말한다.

좀처럼 밤에는 감히 열지 않는 정문의 철문을 밀어 젖히고 밖으로 한 발 나선다. 숙소를 지키는 경비들을 딱 마주친다. 그리 쓰일 일이 없을 것 같은 총을 메고 문 앞에서 넋이 나간 채 앉아 있다가 머쓱한지 자기들도 일어난다. 어차피 계속 앉아있기에는 거듭되는 모기들의 공격에 고정된 표적이 되고, 아마도 일어나 볼 시간이 되어서 일어난 걸 거다. 내 눈치를 보며 일할 경비들은 아니니.

모기 걱정도 잠시 뿐. 멜빵이 떨어져 나간 총에 하얀 천 조각으로 멜빵을 대충 꼬아서 걸고 서 있는 경비와 총을 보고 있자니, 응급 상황에서 저 총이 몽둥이의 용도 외에 본래의 용도를 발휘할 수 있는 상태인지 의구심이 들기 시작한다. 평소 한 번도 제대로 쳐다본 적 없는, 아니 한 번쯤은 관심을 가져 봄직 했으나 그런 기회를 애써 만들지 않았던 자신을 나도 이상하다고도 생각해 본다.

한국에서야 낯설 일이지만 이곳에서는 너무도 일상인 모습에 나도 점점 현지인 흉내를 제법 잘 내고 있다 생각한다. 길에서

소총을 마주하는 것은 아무 일도 아니라는 듯. 그리고 발사가 가능한 총은 실제로 얼마 안 될 거라는 믿음.

2년 전 길거리에 강도들이 자주 나타나고 마을 외곽에서 외국인들의 납치 살해 소식이 간간이 들려왔을 땐 이 경비들이 밤에는 마치 구세주마냥 우리를 지켜준다고 생각했는데, 시간이 좀 지나고 보니 간간이 찾아오는 손님들을 일일이 확인하고 밤에 얼굴이라도 삐꼼 내놓을라치면 득달같이 달려와 뭔 일인지 살피는 행세가 이제는 간섭을 남용하는 귀찮은 좀비가 아닌가 하고 생각이 든다. 나는 보호 받는 것인가. 아니면 속박 당하는 것인가.

다시 전기가 들어온 방에서 이 의미 없는 물음을 계속 이어간다.

오늘밤은 길고, 쉬이 잠이 올성싶지 않다.

아침나절부터 사무실 앞에서 새들 소리가 요란하다. 푸드득 거리는 소리에 나가보니 새 한 마리가 흙바닥에서 몸을 힘겹게 놀리며 발악을 하고 있다. 가까이 다가갔는데도 도망가지를 못한다. 자세히 보니 머리 부위에 큰 상처가 있다. 아마 앞 언덕에서 날아온 매에게 머리를 심하게 쪼이고는 여기까지 힘겹게 도망을 온 듯 보인다. 머리 뒤쪽으로 난 상처가 너무 깊어 보이는 것이 몇 분 버티지 못할 것이다.

회사 주위가 온통 바다와 산이다 보니 매일 대여섯 종 이상의 새들을 아침마다 본다. 그 중에서도 참새와 똑같이 생긴 이놈들에게는 유독 정이 많이 갔는데 눈앞에서 황당하게 죽임을 목격하게 된다. 아침부터 다소 찝찝한 광경을 목격하게 되었지만 자연과 가까이에서 일할 수 있는 특권에는 이런 사연도 감내해야 하는 의무가 따른다.

더 이상 앙골라의 초원에는 야생동물을 위한 자리도 야생동물 자체도 없다. 길었던 내전은 발 달린 모든 동물을 식용으로 전락시켜 소멸시켰고, 이제 땅에는 뱀과 쥐가 남았고 하늘의 새들과 물속의 생물들만이 배고픈 인간들의 손을 벗어나 조금 자유로울 뿐이다. 그래서 얼마 남지 않은 동물들이 더 애틋하다.

낚시를 하러 구암바 해변으로 내달리던 주말 아침, 차 앞을 횡하고 가로질러 도망가는 커다란 야생 쥐를 보고 사딘야가 음식이라고 손짓을 한다. 여기에서는 쥐라고 절대 부르지 않을지도 모르지만 내 눈에는 그냥 큰 쥐. 집에서 사는 쥐는 병균도 많고 살도 별로 없지만 야생 쥐는 훌륭한 간식거리라는데. 어안이 벙벙.

# KEVE
## 폭포

Porto Amboim에서 한 시간여 떨어진 거리의 Keve강의 상류
에는 폭포가 있다. 건기에는 수량이 적어 볼품이 없지만 우기가
끝날 쯤에 한번쯤 들리면 멀리서도 강물이 찢어지는 우렁찬 굉
음을 들을 수 있다.

케베 폭포를 앞에 두고 마을 앞 공터에는 오늘도 많은 아줌마
들이 저마다 재배한 농산물을 펼쳐놓고 넉살 좋게 지나가는 차
들이 멈추었다 가기를 기다린다. 제법 살기가 나은 곳인지 다른
곳에 비해 악다구니를 치며 차를 붙잡으려는 애절함은 없지만,
대신 다가가는 우리들에게 오히려 부담이 되지 않아 편안하게
어울린다. 토마토를 한 봉지 사고 여유롭게 주변에서 쉬다가 떠
날 참이다.

외지인을 의심스러운 눈초리로 요리조리 살피던 아이는 그래도
손에 쥔 아직 설 익은 망고를 절대 놓지 않고 우리의 주위를 서
성거리며 감시 중이다. 커다란 망고나무가 지천에 널려 있어 일

부는 떨어져 뒹굴어 다니는 익은 망고조차도 크게 관심을 받지 못하고 있다. 망고 나무를 처음 보지만 이렇게 온 나무에 빼곡하게, 주렁주렁 달려 있을 줄이야. 그리고 이렇게 흔하고 잘 크는데 한국에선 왜 그렇게 비싸게 사 먹었는지. 신은 얼마나 공평하신가요. 앙골라에는 석유와 망고와 랍스터를 그득 주시고 우리에게는 그저 사계절만 주셨더이다.

입장료 200 콴자를 받으면서 거스름돈이 없다는 제스처를 취하는 관리인과의 실랑이 끝에 폭포 앞에 마주선다. 폭포는 굉음과 함께 안경을 선글라스로 만들어 버릴 정도의 물방울을 사방으로 끊임없이 쏟아내고 있다.

물이 넘치는 곳과 물이 아예 없는 곳, 물이 흔한 계절과 물이 완전히 말라버리는 계절. 아등바등 부딪혀 살아가야 하는 곳과 척박하고 아무것도 없는 초원. 적당히 타협하여 그런대로 살만한 곳은 별로 없다. 아프리카답다.

폭포 상류를 가로지르는 오래되고 총탄과 포탄의 흔적과 함께 난간이 사라진 위험한 다리를 건너다보니 강 중앙에 새집이 잔뜩 달린 나무가 한 그루 보인다. 수컷이 암컷을 유인하기 위해 여러 채의 집을 지어놓고 많은 암컷을 동시에 유혹하기 위해 이런 방법을 사용한다고 한다. 인간 세상이라면 한 채도 마련하기 힘든 집을 십여 채나 지어놓고 암컷을 유혹한다니. 아마 재력만 있다면 인간 세상에서도 통하지 말라는 법은 없을 듯한데.

## 낚시하러 가는 길에 만난
## 정말 조그만 아이

이 아이가 사는 동네에도 물이 나지 않는다. 전기도 없다. 집 담 벼락은 흙으로 빚었고 지붕은 야생 들풀로 엮어 덮었다. TV도, 게임기도, 휴대폰도, 그 흔한 마트도 없지만 함께 흙을 뒹구는 돼지 친구와 옆을 무심한 듯 지나가는 송아지, 그리고 부모 형제와 척박하지만 깨끗한 자연 환경이 있다.

여기에서는 한국처럼 자녀들에게 몰빵하여 노후 대비가 어렵다는 등의 표현은 정말 사치인가 봅니다. 어른도 아이도 원래 가진 것이 없으니 몰빵할 게 없고, 한 세대만이라도 살아남아야 하는 열악한 환경은 투자보다는 투쟁입니다. 어느 세대를 막론하고 오늘 하루를 꼭 살아내야만 내일이 있습니다. 혼자서 아프리카 초원을 종일 뛰어다니는 이 아이도 누구의 보살핌이나 사랑에 그리 목메지 않는가 봅니다.

오늘 주어진 태양 아래에서 그저 별 탈 없이 이 땅에서 온전히 하루를 그냥 살아낸다.

# 독서의 효과

그 책에는
이렇게 적혀 있었다.

"사소한 것에 기뻐할 줄 알고 내가 무엇을 좋아하는지 내 자신
에 대해 관심을 가져야 한다. 지금 죽어도 여한이 없다는 생각
이 들어야 한다. '이러다 죽으면 너무 억울할 텐데.'라는 생각이
들면 삶의 방식을 바꾸어야 한다." 그래서 "앙골라에서는 정말
너무도 사소한 것들에 감사할 수밖에 없는 생활을 살았다. 관
심을 가질 것이 없어서 50 평생에 나 자신에 대해 가장 깊이 생
각하고 관심을 가져보게 된 시간이었다. 생각이 안정되고 감사
하는 마음이 생기자 이렇게 죽어도 별로 여한은 없겠다는 생
각도 솔직히 들었다. 이렇게 죽어도 나쁘지 않으니 삶의 방식이
좀 바뀌더라도 더 나빠질 것도 없을 것 같아 공부를 시작했다".
기계공학을 전공한 덕에 25년 동안을 밥벌이를 했다. 그리고 50
이 다 되어 심리학 공부를 시작한다.

## 앙골라 스타일

낚싯대를 정리하고 해변을 떠날 시간이 되어 사딘야의 차에 도구를 싣고 시동을 걸었다. 아! 시동이 걸리지 않는다. 예전부터 이 낡은 차에 대한 믿음이 두터웠던 건 아니지만, 이런 결정적인 순간에 배신을 때린다. 귀찮아서 내 차는 가져오지도 않았는데.

낚시하는 내내 뒷문을 열어둔 탓에 배터리가 모두 방전된 것이 확실하다. 사딘야는 친구에게 전화를 걸고는 다시 낚시대를 끄집어내 해변으로 향하고 나는 다시 땡볕 아래에서 뻘쭘하니 그 누군가를 간절이 기다리며 조급해 할 뿐.

이곳에서의 이런 상황에 의연히 적응하는 방법을 나는 아직 배우지 못했거나, 나의 몸과 마음이 아직 앙골라 스타일에 적응하지 못한 것이다. 조급하다며 고함을 지른다고 해도 되는 일은 없는 곳이 앙골라다. 이럴 땐 그저 낚시나 다시 시작하는 건데…

한 시간이 훌쩍 지나서야 사딘야의 친구가 가져 온 점프 케이블
로 시동을 걸어 이곳을 빠져 나간다.

그렇게 나는 예상치 못한 상황에 대비하는 너그러움을 배우고
몸에 박힌 조급함의 심성을 조금이나마 떼어두고 이 해변을 떠
난다. 물론 그 뒤로는 절대 차 한 대만 몰고 낚시를 가지는 않는
다. 겪지 않아도 될 위험한 요소는 하나씩 제거하며 사는 게 앙
골라에서 오래 버틸 수 있는 비결이다.

## 일찍 물러가버린
## 우기

예년보다 늦게 찾아와서 일찍 물러가버린 우기가 남긴 아쉬움이 곳곳에 남아 있다. 지구 기후가 이상해지고 있다는 징후는 사계절이 있는 지역보다는 건기와 우기만 있는 지역에서는 더 크게 피부에 와 닿는다.

한 달만 더 있으면 탱글한 햇살을 머금은 옥수수가 지천일 텐데, 건기가 한 달 일찍 찾아와 버렸다. 채 맺어보지도 못한 열매의 쭉쟁이들을 가슴에 달고 처량하게 하늘을 원망하는 옥수수처럼. 우리 동네 많은 서민들은 또 일 년을 어떻게 버텨 나갈 것인지 괜시리 벌써부터 걱정이 든다. 작년에 벌어진 대규모의 해고 사태 이후에도 직장을 구하지 못해 언제고 다시 회사의 채용 공고가 뜨기만을 매일 애타게 기다리는 가장들의 가슴은 옥수수보다 더 바짝 타들어 가고 있을 텐데. 같은 마을에 거주한다는 동질감만으로도 나는 이제 그들의 근심과 고통을 함께 공감하는 이웃이 되었지만….

공감만으로는 아무것도 해결할 수 없는 이 메말라버린 아프리
카의 야속하고 잔인한 5월이여. 어서 흘러가거라.

# 일상

회사의 서쪽 해변은 선박을 접안하는 안벽도 없고 철조망도 울타리도 없이 대서양으로 완전하게 개방된 바닷가 모래사장이다. 그래서 가끔씩 머리가 아플 때면 찾아가 수평선까지 잔잔하게 뻥 뚫린 대서양을 쳐다보며 멍 때리기 좋은 곳이다.

12월이 지나자 다시 이곳에 허술한 그물 가로막이 설치되기 시작한다. 사람이나 짐승의 통행을 막아보기에는 너무나 허술하지만, 갓 부화해서 모래 위를 기어 다니는 거북이들을 막기에는 충분한 생명선이다. 일전에 환경부의 현장 점검 때에도 9월부터 시작되는 거북이의 산란철을 대비하여 조기에 가로막 설치를 권유 받았는데, 그들은 이곳 현지인이 아니라 섣불리 그런 권유를 한 것이다. 실제 산란이 시작되는 것은 12월이고 1월 하순이나 되어야 아침에 한두 마리씩 바다 반대쪽으로 거슬러 기어와 회사의 중장비 바퀴에 깔리거나 발길에 채이는 녀석들이 보이기 시작한다. 해안 반대쪽에 안벽이 있는데 그쪽도 바다인지라 본능적으로 그쪽으로도 갈 수도 있겠다 싶다.

1월부터 3월까지 가끔씩 시간이 날 때면 아침 일찍 해변을 찾아 그물이나 넝쿨에 끼어 발버둥치는 거북이 새끼들을 줏어다가 바다로 보내준다.

스스로 바다로 가거나 실패하면 생명을 내어놓아야 하는 준엄한 자연의 이치를 깨달아야 하겠지만, 이 살인적인 땡볕 아래에서 아등바등거리며 모래 위로 헛발질을 해대는 어린 생명을 보고서도 손을 내밀지 못할 강심장은 아닌지라 나도 자연의 순리를 거스른다. 이 녀석이 나를 만난 것도 어찌 보면 자연의 순리가 아니었으랴. 어차피 한 동네에 같이 사는데.

그녀는 쉽게 포기하지 않는다. 나의 표정만 쳐다보아도 생선의 비릿함에 이미 질려버린 것을 알아차렸을 것이고. 난 이미 속으로 저 느끼하고 오랜 기간 햇볕에서 시달린 비위생적인 생선을 구입할 마음이 전혀 없다. 잠시 무슨 고긴가 하고 확인하려고 열어버린 차창 밖으로 동네 아낙네

들이 갑자기 모여들어 이 난리가 난 것이다. 급하게 다시 창문
을 올리고 서둘러 자리를 뜬다.

그런데 잊히지가 않는다. 그 비릿했던 생선 냄새가 아니라, 간절
해 보이던 아낙들의 애틋한 눈초리가. 어머니의 눈매가.

# 건기의 막바지

5개월을 넘게 지속되고 있는 건기의 막바지, 곧 우기가 올 것이라는 조짐이 곳곳에서 보인다.

우기에 맞춰 농사를 짓기 위한 농지 확보 전쟁이 시작된 것이다. 점점 마을 가까운 곳까지 불을 놓고 주변의 잡초를 태우고 있다. 루안다로 차를 몰고 올라가는 길이다. 멀리 먹구름 같이 보이던 것이 구름이 아니라 잡초를 태우고 있는 엄청난 불길의 상부에 피어난 연기임을 알고 난 이후에도, 한참동안이나 연기가 차 속으로 쓸려 들어온다.

끊어질 듯하던 불길과 연기는 루안다에 다다를 때까지 4시간 이상을 콴자술*Kwanza SUL; Province* 전체에 걸쳐 계속 이어진다. 불길의 뜨거움이 생활의 절박함만큼이나 뜨겁게 느껴지는 풍경이다. 벌레 한 마리 남김없이 시커멓게 태워 버린 저 벌판에서 우기와 함께 옥수수 파종이 시작될 것이다.

오직 옥수수만으로 살아남아야 하는 가난한 농민들에게 집 주위까지 치고 드는 불길은 오히려 작은 걱정일 따름이다. 먹고 살아야 하는 걱정 하나가 작고 사소한 모든 걱정을 당분간은 잊게 만든다. 인생이 다 그러하듯.

# 나는 어떻게
# 기억되고 싶은가?

피터 드러커처럼 자신의 가치를 잊지 않기 위해 "너는 죽은 뒤에 어떤 사람으로 기억되기를 바라느냐?"를 매일 되물어가며 살아야 할까? 그리고 누군가의 말처럼 50세가 되어서도 여전히 이 질문에 대답을 할 수 없다면 인생을 잘못 살았다고 보고 낙심해야 할까? 모두가 낙담할 질문이라며 애써 위안을 삼을 수 있을까?

기억되고 싶은 모습을 상상하기 위해서는 당장 어떤 삶을 살아야 그 모습에 도달하게 될 지를 우선 진지하게 지금이라도 고민하는 게 맞다.

링컨은 자기 나이 40이면 자기 얼굴에 책임을 지라고 했다. 온전히 나의 숙제일 뿐이다. 너무 멀리 나간 건지도 모른다. 그래도 나이 55세에는 어떤 모습이어야 할지 지금 고민을 하고 싶다.

# 글이란 나에게

순간순간 스쳐 지나가 사라져 버릴 생각을 담아 두는 항아리. 어떤 유치한 글이라도, 그 항아리 속에서 글은 숙성을 거친다. 글을 써놓은 노트의 속이 누렇게 세월을 껴입듯이, 진득한 시간 이 흐른 후에 나는 화끈거리는 얼굴을 감싸쥐고 또 그 글들을 읽어본다. 나는 글과 함께 성장하였는지 나는 더 유치하게 살고 있는지.

나의 글은 되도록 현재의 모습보다는 나아져야할 나를 미리 적 어놓고 싶어 한다. 반성도 중요하지만 아직은 성장과 성숙의 욕 구가 강하기 때문이다. 적어도 이미 써놓은 글만큼의 내가 될 수 있다면, 성장해 가는 과정에 있는 것이다. 그래서 되도록이 면 매일 나를 기록하는 것이 의무감처럼 느껴지는지도 모른다. 그리고 어느 날 지나치게 충동적이고 일시적인 감정의 잉크에 섣불리 발 담근 나를 발견하게 되는 날이면, 나는 항아리를 열 고 숙성된 국물을 한 국자 퍼내어 새로 산 잉크에 그 국물을 섞 어보리라.

# 술술술


찢어진 약지를 봉합해 주었던 쿠바 의사 카스토르가 해준 이야
기가 있다. 병원에 오면서까지 술에 취해서 횡설수설하는 앙골
라인 환자들이 종종 있단다.

돈도 없는데 술을 너무 많이 마시는 환자에게 물었다고 한다.
왜 그렇게 매일 죽을 듯이 술을 마시느냐고 환자들에게 물었다
고 한다.

그들은 말한다. 현실을 잊기 위해서 술을 마신다고. 현실을 잊
어버리지 않으면 살아갈 수가 없다고. 그리고 취해서 죽으면 쓰
라린 기억만큼은 잊어버린 상태로 갈 수 있을 것 같아서.

술을 마셔야만 할 이유를 매일 만들어가는 나라.

혼자 힘으로는 그 나라를 벗어날 수 없는 현실.

기억하고픈 것보다는
잊고픈 것이 많은 인생.

그런 인생을 스스로 선택한 것이 아닐 때의 좌절.

그나마 술이 수입산 식료품보다 저렴하다는 것은 위로인가 저
주인가.

로또와
클리세


로또 당첨 확률 0.0000123%. 눈앞에 당장 할 수 있는 사소한 일은 외면하면서도 눈에 보이지도 않는 뜬구름을 잡아보려 로또를 산다. 이리저리 따지지 말고 당장 일어나 팔굽혀 펴기 하나라도 해야 한다.

클리세 효과라고 한다. 목표와 계획을 세울 때 변명의 여지를 줄이는 것. 그래서 일단 습관을 들이는 게 핵심이란다.

로또와 클리세. 헛된 망상과 당장 눈앞에 놓인 과제.

손톱이 길어지면 즉시 깎아내는 그 실행력으로 나의 이 게으름도 그때그때 깎아내는 결단력이 필요하다.

삼사 일째 추적추적 내리던 비가 사무실 지붕을 뚫고 사무실 책상 앞쪽으로 방울방울 떨어지더니 오늘은 급기야 천장의 석고보드 넉 장이 젖은 무게를 감당하지 못하고 회의 탁자 위로 내려앉았다. 덕분에 사무실에 앉아서도 보고 싶을 때는 뚫린 구멍을 통하여 마음껏 맑은 하늘을 볼 수 있게 되었다. 그래도 빠른 시일 내에 저 구멍이 수리되기를 빌어본다. 똑똑 떨어지는 물방울 소리가 아쉽더라도.

나중에 접한 소식이지만 서부연안을 덮친 폭우로 62명이 숨졌다고 한다. 전에 가본 적이 있는 남쪽의 로비또에서 3미터 이상으로 물이 불어나 62명이 사망했는데 어린이들이 빠져 나오지 못해 많이 사망했다는 거였다. 실종자 30명은 아직도 찾지 못했다고. 비가 오면 늘 그렇듯이 이곳의 청년들은 차나 오토바이를 씻기 위해 강가로 많이 모여드는데 아마도 그 때문에 피해가 컸으리라.

그리고 뉴스를 통해서 이번의 재난이 엘니뇨의 영향 때문이라는 소식도 접했다. 전 세계적인 재앙이라고는 하지만, 좀 덜 부유하게 살고 있는 이런 나라의 주민들에게 만큼은 이런 재앙은 좀 피해갔으면 하는 간절한 마음이 든다.

단촐한 우리 동네 사람들의 피부색과는 너무나 대비되는 각양각색의 색깔로 익어버린 과일들이 가벨라로 향하는 산 중턱에 지천이다. 유난히 파인애플이 많은 것이 다른 시장과는 좀 다

른 모습이다. 호객 행위를 열심히 하는 고기 굽는 임시 식당들
에 비해 여기 아줌마들은 멀뚱이 우리를 쳐다보기만 하고 감
히 사기를 권하지 않는다. 그저 순진하게 보이는 아이들만 제
키를 훌쩍 넘는 사탕수수 줄기를 몇 개씩 들고는 우리를 줄기
차게 따라다닌다. 반은 호기심일 테고 반은 우리의 부티를 본
것이리라.

# 노천 염소 구이 식당

초벌구이한 지가 며칠은 되어 보이는 염소 고기 한 덩이를 가리
키며 요리해 달라고 하자 청소한 지 십 년은 넘어 보이는 더러
운 도마 위에서 고기를 성성 썰어대더니 석쇠 위에 색깔마저 바
랜 오래된 사료 포대 찢은 조각을 놓고 그 위에 식용유를 듬뿍
발라 자른 고기를 구워낸다. 종이가 타지 않도록 과할 정도로
계속 식용유를 뿌려 대는데 차라리 그 요리 과정을 보지 않았
으면 좋으련만. 곧 이어 양파 반쪽을 썰어 넣고 소금을 약간 뿌
려서 우리들에게 내어 준다.

입속에 들어오기 전부터 이미 느끼함이 느껴졌지만, 너무 질긴
육질에 우리는 느끼함을 생각할 겨를도 없이 열심히 씹기 시작
한다. 자동차 타이어보다 정말 약간 덜 질긴 고기를 한참을 씹
다가 넘길지 뱉을 지를 고민하는 횟수가 계속 늘어가고, 가끔
씩 입천장을 자극하는 느낌에 숨겨진 작은 뼈 쪼가리들을 골라
내느라 접시가 비어갈 때쯤에는 느끼함은 이미 다른 차원의 이
야기가 되고 만다.

그렇게 해서 1000 콴자. 싸다.

먹다가 모자라면 몇 조각 더 줄 수 있다고 하는데, 솔직히 한 대 때릴 뻔 했다.

# 식빵에 식용유

더럽게 염소 고기를 구워 파는 길가의 식당에 앉아 주위를 둘러본다. 옆집에 왠 아줌마가 빗속을 뚫고 식빵을 들고 아이와 함께 들이닥쳤는데, 아마도 점심시간이라 '식빵과 함께 먹을 것이 없나하고 들렀나 보다.'라고 생각하는 순간 고기 굽는 펜에 뿌리는 식용유통을 들고는 아이의 식빵에 살짝 발라주고 자신의 빵에도 듬뿍 바른다. 빵을 구울 참인가. 그런데 그냥 먹는다. 식용유가 줄줄 흐르는 식빵을.

당장 눈앞에 보이는 느끼함에 나의 식욕은 엄청 감퇴했고 놀라움에 다시 한번 느끼함이 사그라든다. 왝.

## 가벨라

1948년경에 조성되었다는 포르투갈식 주택가는 빛 바랜 채로 유지 보수가 안 되어 흉물스럽게 방치되어 있다. 대한민국의 6·25 전쟁 이전에 이 정도의 시가지를 이 고산 지대에 건설했던 사람들. 그리고 그 영광의 기억들을 모두 잊어버리고 이 유산들을 방치하여 결국 폐허로 만들게 한 원인은 어디에 있는지 깊이 생각하게 만드는 곳이다.

국민성과 위정자들의 자질 중 무엇을 콕집어 탓할 수는 없지만, 이곳 또한 민주적 절차라거나 부의 공평한 분배에 대해 깨달을 수 있는 교육의 기회만은 평등하게 제공되었으면 하고 바래본다.

1907년에 포르투갈 사람 N' Guebela가 발견한 마을로 기록되어 마을 입구에 그의 흉상이 있다. 마을 주위가 942미터의 고지대로 사바나처럼 산림이 울창하다. 희귀한 식물이나 동물이 지금도 발견되고 있으며 Gabela akalat, Gabela helmet-

shrike, Gabela bush-shrike처럼 이곳에서만 발견되어 이곳의
이름으로 명명된 새들이 많다고 한다.

예전에는 이곳에 광산이 있어서 Porto Amboim까지 좁은 철
로가 설치되어 있어 그 위를 기차가 다녔다고 하는데 지금은 그
흔적도 찾기가 힘들다.

독립 후, 많은 것들이 과거에 비해 오히려 퇴보하였다고 하면서 누군가는 오히려 식민지 시절을 그리워하기도 한다. 60여 년 전 식민지 시절에 건설된 시가지가 더 호화스러워 보인다. 지난 반세기, 독립을 이룬 후에 벌어진 끔찍한 동족 살육의 내전은 서민들의 구식 옷차림과 총알 구멍이 가득한 주택에서 그대로 배어나온다.

허물지 못한 식민지식 건물에 선명하게 아직도 방치된 총알 자국들.

자재가 부족하여 구시가지 바깥쪽에 흙과 함석으로만 새로 지어진 독립 이후의 주택들.

무심하게 과거로부터 이어진 돌담길을 걸어가는 아이들.
그들의 선조들의 역사가 고스란히 남겨진 곳이지만 알 턱이 없으리.

새로 난 포장되지 않은 길들 위로 가쁘게 숨을 몰아쉬며 달리는 낡은 차량들과, 그것들이 거리를 가로지를 때마다 이곳 특유의 붉은 토양은 핏빛 붉은 먼지를 사방으로 날리며 온 도시를 적신다.

특히 가벨라는 식민지 시절 커피와 채소, 과일의 주요한 생산지로 윤택한 생활과 경제적 호사를 누렸던 곳이지만, 이제는 커피를 기를 여력도 없고 가공하거나 운반할 시설도 남아 있지 않다. 이곳의 주민들은 다른 곳의 주민들보다 오히려 더 가난해지고 있다.

이곳이 고향이라는 회사 사장과 함께 어린 시절에 아버지와 살았다는 건물 안으로 함께 들어섰다. 건물을 수리하기 위해 중국인 건설회사와 계약을 맺었다며 내부를 나에게 보여주는데, 60년 전에 지어진 건물을 고치느라 퇴물로 쫓겨 나게 된 포루투갈 식민지 시절의 가재도구들. 족히 60년 이상은 되어 보이는 이 골동품들이 이제는 잊혀진 식민지 시절처럼 누구에게도 대접받지 못하고 쓰레기로 버려지게 된다.

귀가 멍멍할 정도의 높은 고산 지대 가벨라에 커피나무를 보러
간다. 밀림처럼 우거진 숲을 따라 달리다가 확 트인 산꼭대기가
나타나면 가벨라가 위치한 고원 지대에 도착한 것이다. 완만한
반원을 이루는 커다란 산등성이가 창가를 스쳐간다. 자세히 보
면 산등성이 하나가 상상도 하지 못할 정도로 큰 하나의 바윗덩
어리다. 풀로 덮여 있어 언뜻 보면 큰 산 하나로 보이지만, 크기
를 가늠하기 어려울 만큼 커다란 하나의 바위다.

지난번에는 날씨와 시간에 쫓겨 무심코 지나쳤던 도로에 차를 세우고 내린다. 주변에 커피나무가 많이 있다는 이야기를 들은 터라 둘러보지만 찾을 수가 없다. 현지인이 옆에 서 있는 작은 나무를 손가락으로 가르키며 '아끼, 아끼(여기, 여기)'라고 한다. 몰랐을 때에는 하나도 보이지 않던 커피나무였지만 막상 잎사귀와 열매의 형상을 눈에 익히자 도로를 따라 심어진 모든 나무들 아래에 커피나무가 보인다. 가끔씩 누군가의 손길이 닿아 잡초가 제거된 땅을 제외하고는 야생 그대로 지천에 널려 있다.

이래서 배워야 한다. 모르면 밟고 서 있어도 모른다. 이전의 명성은 잊혀져 가지만 여전히 가벨라는 아프리카 커피의 원조다. 그리고 지금은 돌보는 이 없는 길가의 천덕꾸러기가 되어가고 있다.

커피가 생산되는 나라답게 마트에는 앙골라산 브랜드의 커피가
판매되고 있다. 가격도 품질도 괜찮은 이들 커피 덕에 한쪽으
로 밀려난 네스카페 커피가 초라해 보인다. 다만 다른 농산물처
럼 공산품에 비하여 푸대접을 받지 않고 온전히 노동의 대가를
모두 치른 제품이기를. 그리고 어린아이들의 노동력은 개입되지
않았기만을 간절히 바랄 뿐이다.

가벨라를 나와 숙소로 돌아가는 길, 길거리 곳곳에 널린 망고
와 파파야를 쇼핑한다. 여기는 원산지라 숙소 근처보다 훨씬 크
고 가격도 싸다.

# 계절의 변화

4월의 앙골라. 해변으로 가는 길에 나는 하늘과 바다와 지평선을 가르는 옥수수의 물결을 본다. 우기의 끝자락에서 옥수수는 건기가 오기 전에 수확을 마치려는 농부의 바람을 알아챘음인지 그저 무럭무럭 자라주고 있다.

사람의 직감보다도 더 빨리 식물은 바뀌는 계절을 알아차리고 미리 준비를 한다. 우리도 그 준비에 보폭을 맞추어 살기만 하면 조급함도 욕심도 버리고 넉넉한 마음으로 살 수 있으련만, 세상은 나를 가만히 놔두질 않고 나도 그 세상을 가만두질 못했다.

그리고 다시 찾은 6월의 옥수수 밭은 두 달 전의 싱그러움을 모두 내어주고, 간간이 달려있는 말라비틀어진 옥수수들이 그새 수확의 바쁜 손길이 휩쓸고 지나갔음을 알려 준다. 하늘마저도 이제는 그 싱그러운 파아란 하늘이 아니라 혹독한 건기를 알리는 누런 하늘로 변해 간다.

사진 위(4월), 사진 아래(6월)

그리고 우기를 앞둔 9월의 앙골라는 건기의 막바지답게 모든 생물들을 건조시켜 감히 물을 길어낼 엄두조차 내지 못하게 철저히 대지의 습기를 태워버렸다. 걸어가는 발걸음마다 숨이 막힐듯 먼지가 일어난다. 근면과 자본의 힘이 있다면 이곳도 옥토로 만들 수 있겠지만, 이 나라에 없는 것이 바로 그것이다. 아, 이 사람들의 태만을 괜스레 들추지 말자. 이 척박함에서 살아남은 위대한 전사들이다. 단지 우리와는 다른 배경에서 자라온 것일 뿐, 이곳도 살아남은 자가 강한 자이다.

# 인생이….

삶은 쉽게 계획할 수 있을 것처럼 단순하지 않고
사람은 생각처럼 변하여 주는 존재가 아니다.
저마다 너무나 다른 색채로 스스로를 치장하고 싶어 한다.
나이가 들수록 화려한 색채보다는 자신만의 고집이라는 색으
로 점점 익어간다.
보다 진하고 단순한 색깔을 가지는 것이다.
먹은 나이만큼 타인을 배려하고 공감할 수 있는 마음을 남들에
게 물들이고 싶다.
그리고 나의 가치관에 선하게 비치는 타인의 마음에 물들고
싶다.
어떤 색채와 색감이 나의 색인가.
그래서?
나는 물들이고 있는가.
물들고 있는가.

# 굵은 매듭

뭔가에 미쳐 제법 길게 시간을 소모해 본 적이 몇 번이나 있었
나. 사랑에 눈이 멀어 시간을 그저 흘러보내버린 적이 있었나.
너무나 큰 시련에 가슴을 치며 아파하다가 긴 시간을 날려 버
린 적은 몇 번인가. 정말 혼신을 다하여 긴 시간을 힘들어했으
나 그 결과가 미진하여 실망했던 적은 또 몇 번이던가. 그렇게
길고 긴 인생에 먹먹한 큰 매듭을 만든 경험이 얼마인가.

가늘고 긴 인생의 끈에 일상의 자잘한 매듭이 아니라 한 번씩
은 굵은 매듭을 지어주어야 한다. 점점 무거워지는 인생을 끌고
가야 할 때 굵은 매듭들은 좀 더 수월하게, 그래서 좀 더 높이
인생을 당겨 올릴 수 있도록 도움이 된다.

매듭을 만드는 경험을
두려워 해서는 안 되겠다.

# 바나나 한 줄기만
# 잘라 왔을 뿐인데….

감당하기 힘든 바나나철이다.

5년 전 파견을 왔다간 직원들이 정원에 심어두었던 세 그루의 바나나 나무는 지난 6개월간 교대로 열매를 맺어 우리들을 즐겁게 해주었다. 다행히 맛도 시중에 팔고 있는 것들보다 괜찮아서 키운 보람을 느끼게 해준다.

하지만 우기로 접어든 후, 동시 다발적으로 꽃과 열매를 맺는 바나나를 감당할 수가 없게 되었다. 미처 한 가지를 다 잘라 먹기도 전에 계속 꽃이 피어 일부는 버리게 된다.

우기지만 비가 그치면 시작되는 강열한 태양이 바나나를 위한 완벽한 기후 조건을 만들어 어떤 작물보다도 탐스럽게 바나나를 키워냈다. 숙소의 잔디를 자르고 난 뒤에 그 잔해로 거름만 주었을 뿐인데 이렇게 잘 자란다면, 다른 땅에도 바나나 농사는 잘 된다는 뜻인데…. 이곳에서도 많은 이들이 길에서 바나나를 사먹는 것을 보면 이해가 어렵다.

집에 한 그루씩만 심어 놓으면 일 년 내내 먹을 수 있으련만 스스로 키우지 않는 이유는?

내가 이해할 수 없는 또 하나의 앙골라 미스터리다.

이곳에서 2년째가 되던 날, 나는 이전에 나를 위해 누군가가 바나나 나무를 심었듯이 다음의 누군가를 위해서 파파야 나무를 심었다. 그리고 오늘 드디어 꽃이 피었다. 나도 돌아갈 날이 얼마 남지 않았다.

## 당연한 모습

동네에서 좀 사는 주택가의 쓰레기 더미 속에서 돼지와 염소는 먹을거리를 찾고, 아이들은 가지고 놀 장난감도 만들어 내고, 더 가난한 이들은 좀 나은 이들이 버린 쓰레기 중에서 건질 수 있는 것을 건지고, 마지막까지 남은 쓰레기들은 계속 밟혀 결국 언덕을 오르는 오솔길의 일부가 된다.

그리고 너무나 당연한 모습으로 이 동네의 일부 중 하나가 되어 있다. 힘든 서민들의 삶의 흔적처럼 혹은 그저 무관심한 냉소의 결과처럼.

도로 하나를 사이에 두고 마주한 빈부의 강렬한 대비.
저 언덕에는 극빈의 가난이. 도로 건너 이곳에는 가장 부유한 외국인들의 사택이.

## 나이트 클럽

금요일 저녁. 일주일치 장을 보고 집으로 돌아오는 길. 숙소 옆 상점에 딸린 빈 건물에 내걸린 하얗고 빨간 화려한 천 조각들이 보인다. 오늘은 여기가 나이트 클럽이 될 모양이다.

주말을 앞두고 혹은 휴일을 앞둔 날 저녁이면 동네 여기저기에서 어김없이 들려오는 음악 소리와 디제이의 고함 소리. 저녁 식사를 마칠 쯤이면 시작되어 다음 날 새벽까지 어딘가에서는 반드시 나이트 클럽이 만들어 진다. 하긴 주위를 아무리 둘러보아도 젊은이들이 즐길 수 있는 장소가 없다 보니 한적한 해변가를 연인들끼리 손을 맞잡고 걷거나 휴일을 앞둔 저녁에 이렇게라도 모여 소리치며 흔들지 않으면 그 젊음을 어디에서 발산하겠는가. 더군다나 암울한 경제 상황과 30년째 바뀌지 않는 정치 상황. 자신의 불만을 함부로 소리 높여 외치지 못하는 이 나라의 젊음들은 이런 자리라도 없다면 아마도 미쳐버릴 수도 있으리라. 그래서 한밤중에 나의 방 근처 어딘가에서 끊임없이 귀를 때려댈 음악 소리를 나는 이해해주어야만 한다.

# 징가 커피

슈퍼에서 눈에 띄는 커피 한 통을 새로 구입했다. 맛도 괜찮다.
이곳 앙골라에서 재배된 커피라고 한다.

징가!

징가는 여왕의 이름이다. 오랜 옛적 NGONDO 왕국의 여왕이었다 한다. 1482년 포르투갈의 식민지가 되기 전에 즉위한 여왕인데, NGOLA 왕국을 다스리던 아버지의 딸이었다. 이름이 기억될 정도로 상당히 현명한 여왕이었다고 한다.

그래서 내전이 종식된 2002년을 2년 앞둔 시점에 이 커피가 앙골라에 나왔을 때 친숙한 브랜드와 임박한 내전 종식을 염원하는 사회분위기와 맞물려 이 커피를 널리 즐기게 된 건 아닐까 혼자 추측을 해본다. 그러면서 징가 한 모금을 홀짝.

가성비 좋은 앙골라 커피가 세계에서도 통할 날을 빌어 본다.

30도를 훌쩍 넘는 바깥 기온을 뒤로한 채 용접사 두 명이 나란히 마주보며 열심히 용접을 하고 있다. 사는 곳과 태어난 나라는 다를지라도 열심히 일에 몰두하는 사람의 모습은 얼마나 아름다운가.

내전이 끝나고 기술을 배웠을 테니 채 10년은 되었을까? 지시와 감독을 하고 있어도 지시한 일을 잘 소화해 내지 못하는 다른 앙골라인들과는 달리 그는 한눈 파는 모습을 보이지 않고 더운 열기와 벗하며 묵묵히 용접에 몰두하고 있다. 무엇이 그를 이 환경과 현실에 당당히 맞서도록 응원한 것일까. 아마도 집에서 기다리고 있을 가족을 생각하며 이 더위에 맞서고 있으리라. 내가, 우리가 그러하듯.

외진 벌판마다 서 있는 적벽돌 공장. 모두 중국인 소유. 중국이
없으면 건설 공사 불가.

예전에는 많은 적벽돌을 쉴 새 없이 찍어내던 공장이었다는데
지금은 문을 닫았다. 적벽돌을 살 형편이 안 되는 동네에 공장
이 들어섰다. 젠장.

닭을 사러 시장에 가면 즉석에서 목을 치고 삶아서 털을 뽑는다.
무섭다.

마을 입구 쓰레기장에 산을 이루고 있는 빈 술병. 국민들이 술에 취해 살기를 바라는 정부의 의도와 매일 매일의 힘든 생활을 술로 위로 받으려는 서민들의 합작품인가? 깨지고 뒹굴며 맨 땅에 굴러다니는 술병은 이 나라 민초들의 모습 그대로다.

정부도 국제 사회도 가난과 질병에서 자유롭지 못한 서민들에게 결코 풍요와 자유를 허할 의지가 없어 보인다.

## 지도자

생일을 자축하기 위해 부서 직원들과 식당에서 자리를 함께
했다. 주문한 맥주에 사람의 얼굴이 보인다. 종업
원들에게 물어보니 십여 년 전 이 나라의 내란
을 종식시킨 양쪽 사령관들이란다. MPLA소속
의 ARMANDO와 UNITA소속의 NUNDA 장군
을 기념하여 CUCA 맥주 겉면에 이들이 악수하
는 장면이 들어갔단다.

존경 받는 성인군자는 아닐지라도, 이들은 이 나라 국민들에게
하루하루를 장담할 수 없던 기나긴 두려움의 밤을 마침내 끝내
고 평화로운 다음 날 아침에 대한 기대를 선사한 존재들이다.
그러니 이 맥주를 마시며 위로와 안정을 구할 수 있을런지도
모르겠다.

잠시 동안은 건배 그리고 오늘도 안주로 주문한 랍스터가 많이
남아 버렸다. 이런 건 어울리지 않게 이 어촌 마을에서는 너무

흔하다. 젠장. 건배.

달러를 콴자로 환전하여 신기한 마음에 자세히 들여다 보았다.
길거리 블랙마켓에서는 1달러에 400 콴자, 은행 공시 환율은

165 콴자. 그런데 달러를 취급하는 은행에 더 이상 달러가 없으니 환전은 길거리 은행에서 해야 한다. 은행에 가서 환전을 문의하니 길거리에 있는 자신의 친구를 불러서 따라 가라고 은행원이 소개한다. 화폐의 액수는 달라도 모든 지폐 앞면의 초상화는 똑같다. 도안 속의 두 사람은 초대 아고스티노 니토 전 대통령(안경)과 에두라도 도스 산토스 현 대통령(좌측)이다.

1976년에 이전 포르투갈의 영향을 받은 에스쿠두에서 콴자로 화폐명이 변경되어 현재까지 이어져 오고 있다. 1979년에 초대 대통령이 사망한 후 산토스 대통령이 자리를 이어 받았으니 37년째 대통령이다. 화폐가 아니라도 모든 국민이 잊지 않을 얼굴이건만 지폐 속에서까지 장기 집권 중이다. 징글맞다.

# 수산시장

역시 시장이다. 왁자지껄 정신이 없다. 오늘은 배가 들어오는 시간을 제대로 맞추어 도착한 거 같다. 덕분에 곳곳에서 씨알 좋고 싱싱한 Sardinhya(정어리)를 미끼로 살 수 있다. 깐깐해 보이는 할머니가 큰 놈 두 마리에 50Kz를 달라는데 아마 내가 어수룩해 보이는 모양인데, 바로 옆에 놓인 큰 놈 한 마리를 더 얹고는 Cinquenta(50)라고 하며 결연한 표정으로 째려보니 잠시 놀라며 결국 협상 종료. 아직 말은 서툴지만 숫자 정도는 외우고 있고, 경험과 눈치로 가격 협상 정도는 가능하게 되었으니 서서히 반현지인(?)화.

수산 시장에 일요일 아침 일찍 고기 구경을 나섰다. 무리 지어 고기를 사고파는 사람들과 떨어져 방금 배에서 내린 정어리를 쌓아놓고 능숙하게 손으로 내장과 아가미를 발라내는 동네 아이. 쉴 새 없이 흥얼거리며 딴 곳을 응시하고 있지만, 맨손은 끊임없이 부지런히 닥치는 대로 고기를 잡아 내장을 도려낸다. 앙골라판 어린이 생활의 달인이다. 이 아이의 손에 밴 비린내가

미래의 성공을 약속하는 보증 수표가 된다면 얼마나 좋으랴마는, 이곳에서 죽을 때까지 저 자세로 고기의 내장을 발라내야 할지도 모른다.

그래도 골목길 쓰레기를 뒤지며 하루를 보내는 아이들보다 조개를 잡아서 팔거나 고기 내장을 발라내는 이 아이들은 주어진 삶대로 살지 않고 원하는 삶을 살고자 하는 첫발은 잘 디딘 것이다. 지긋지긋한 가난을 아가미 발라내듯이 매일 매일 발라낸다.

주말 아침 곳곳에서 그물을 당기는 장관

모처럼 화창하다 못해 벌써부터 땡볕이 작열하는 아침이다. 마을 앞 백사장에는 곳곳에서 그물을 당기느라 마음 놓고 산책할 너른 공간도 찾기가 어렵다.

그물이라고 해봐야 인력으로 당기는 것이어서 제법 크고 똑똑한 고기들이 빠져나갈 시간은 충분하기에 결과물은 멸치보다 약간 큰 작은 고기들이 대부분이지만, 하나도 놓치지 않고 담아 가는 걸 보면 재미라기보다는 뭔가 더 절박한 목적이 있을 듯싶다.

기계로 하면 수 분이면 끝날 일이지만 한두 시간을 꼬박 손으로 당겨내고 있다. 곧 다른 그물이 다시 올라올 것이다. 하지만 내용물을 확인하기에는 이 땡볕을 감내할 자신이 없어 발길을 돌린다. 나는 저들보다 절박하지 않다.

그물을 당기는 한 무리의 청년들.
그물에는 고기가 없고
내 마음에는 인내심이 없다.
자리를 떠난다.

# 조개

너무 비릿한 수산시장의 냄새를 피해서 오른쪽으로 발걸음을 옮기다가 해변 앞에서 잠수질을 하며 조개를 캐는 동네 아이들을 만났다. 백사장 군데군데 뻘이 섞여있어 색깔이 거무스레한 곳에는 아이들이 저마다 나무토막에 플라스틱 대야를 매달아 물 위에 띄어놓고는 연신 자맥질을 해가며 조개를 찾고 있다. 옆에 놓인 기다란 자루를 보니 다 채우려면 한 두 시간은 족히 걸릴 것 같다.

주변에 공장도 없으니 청정지역이라 할 수 있다. 즉, 조개가 무척 깨끗할 것이란 믿음은 간다는 것이다. 일전에 낚시 미끼로 쓰려고 한 번 구입을 한 적이 있는데, 미끼로는 괜찮을 성싶지만, 식용으로 쓰기에는 크기도 크기러니와 해감을 해야 하는 노고를 고려한다면 마트에 가서 냉동된 씨알 좋은 조개를 구입하는 게 나을 것 같다.

그래도 물속에서 조개를 찾고 캐내는 과정이 차라리 얼마나 편한 일인가를 알고 있다. 채취가 끝난 후 저 조개들을 들고 도로가에서 차가 지날 때마다 조개 묶음을 들어 올려 흔들어 대는 아이들을 주말 대낮에 너무도 많이 목격했기 때문이다. 땡볕 아래에서 몇 십번 몇 백번을 저 자루를 들어 흔들어야 할까. 저녁나절까지도 조개를 팔지 못해 도로 주변을 떠나지 못하는 아이들이 심심찮게 목격되기 때문에 땡볕에서의 판매보다 물속에서의 채취 작업이 안쓰러우면서도 그나마 다행이라고 생각할 수밖에 없는 것이다.

그래도 일찍이 이렇게 단련된 아이들이 빈부 격차의 끝이 보이지 않는 앙골라 땅에서도 스스로 살아남을 수 있는 희망의 증거들이 된다.

# 바오밥 나무

마다가스카르나 나미비아에서는 수령이 1000년에서 최대 2500년이나 되는 나무도 있다는데, 앙골라의 나무껍질 곳곳에는 길어야 100년도 살지 못하는 현지인들이 새겨놓은 길고 긴 삶의 역사가 새겨져 있다. 아마도 국가에서 보호를 하는 수종일 것으로 여겨진다. 그래서 벌써 땔감으로 잘려져 나가는 수모는 피했지만 길거리 곳곳에 자라나는 바오밥은 생명을 건지는 대신 온몸을 광고판이나 혹은 주택의 지붕을 잡아 주는 기둥 역할로 질긴 생명을 보전하고 있다. 이러니 천 년을 어떻게 버티겠는가.

# 중앙선이 없어도
# 평화로운 우리 동네

중앙 분리대가 일상적인 수도 루안다와는 달리 우리 동네를 비롯한 대부분의 도로에는 흔한 중앙선도 없는 도로가 일반적이다. 남쪽 뱅귈라나 나미비아에서 올라오는 숱한 대형 트럭들이 이용하는 1번 도로이지만, 그래도 없는 중앙선을 침범해서 사고가 나는 경우를 거의 볼 수가 없다. 사고는 보수되지 않고 도로 가운데에 깊게 패인 구멍들이 만들뿐. 꼭 잘 짜인 제도가 사고를 예방하거나 사람들을 질서로 유도하는 것은 아니다. 오히려 법이 없는 것이 더 조심하게 만드는 것 같다. 서로를 믿지 못하니 서로를 조심하는 것이다. 이런 상황이 우리를 더 철들게 하는지도 모른다.

치솟는 물가도 서서히 사람들 간의 믿음을 여리게 하고 있다. 4마리에 50 콴자였던 정어리가 3마리에 100 콴자로 오르고 있다. 서민들의 삶은 점점 힘들어 질 것이고 치안은 더욱 악화될 것이다. 고기를 파는 노파의 눈에도 이젠 친절함 대신 독함이 묻어나는 시간이 왔다.

꽈뜨루 신쿠엔따, 뜨레시 셍.(3마리 오십이냐. 4마리에 백이냐.)
싸움이 시작된다.

# 경찰

오토바이는 달아나고 경찰은 쫓아가고. 그런데 이게 실제 단속 현장인지 도망가는 운전사나 쫓는 경찰이나 다 웃고 있다.

마을 입구의 길 모퉁이에 숨어서 안전모와 면허증을 단속하는 경찰을 본다.

적발되자마자 바로 돈 꺼내 들고 협상하는 사람. 경찰서로 끌고 가려는 오토바이 핸들을 붙잡고 읍소하는 사람. 언제였던가. 우리들의 오랜 과거의 한 장면과 마주하는 듯하여 정겹기까지 하다.

하지만 경찰서 앞에서도 여태 한 번도 단속을 하지 않다가 오늘 문득 단속을 시작하는 것은 몇 명의 경찰이 돈이 궁하다는 것 이 아닐까 왠지 좀 씁쓸하다.

나의 시선 앞에 도착한 낡은 차를 보더니 공항 경찰이 다가가

휴가 차 공항에서 탑승 대기하는 중

뭔가를 요구하며 실랑이가 벌어진다. 차 상태도 그렇고 표정을 보아서는 서류를 갖추지 않았거나 대부분의 운전자가 그러하듯 경찰에 대한 반사적인 두려움, 뭐 그런 거.

그런데 경찰의 표정은 점점 더 의기양양해지고 운전자는 무언가를 놓친 표정으로 점점 당황스러워 한다. 오늘 그만 딱 걸린 것 같네. 바로 둘이서 차량에 탑승한다. 협상이 시작된 것이다. 범법 행위에 대해 아직 협상으로 모면할 수 있는 나라. 나 또한 잘못을 저지르면 여기에서는 돈으로 무마할 수도 있겠구나 하고 생각이 들면서도 내 눈 앞에서 실제로 펼쳐지는 광경에 그리 무덤덤할 수가 없다. 도로를 달리며 마주치는 수많은 경찰들의 눈에 외국인인 나는 그저 돈을 뜯을 수 있는 한 명의 호구일 뿐일지도 모르기 때문이다.

차가 서서히 움직인다. 거래가 끝났으니 조용한 곳에 가서 서로 헤어지겠지.

앙골라에서 가장 무섭고 위협적인 사람들은 폭력조직이 아니라 다름 아닌 그 폭력조직을 잡아야하는 경찰들이라고 한결같이 증언한다. 시내에 다닐 때 만약 앙골라 여권 미소지자가 면허증을 휴대하지 않고 있었다면 경찰이 총까지 들고 그 사람을 위협

한다고 하며, 결국에는 100달러를 벌금으로 내야 한다. 심지어 정식 국제운전면허증을 가져와도 경찰이 그 면허증은 위조라며 난리를 쳐서 결국 100달러를 갈취해갔다는 증언도 있다.

차를 몰고 다니는 사람들은 항상 '가조자'라는 돈을 준비해 다녀야하고 또 도로 위에서는 항상 조심해야 하는 곳이 앙골라라고 증언한다. 만약 붙잡히면 어떤 수단과 방법을 동원하여서라도 돈을 뜯어 간다고 한다(가조자는 원래 운전하며 마시는 가벼운 음료수를 뜻하는 것이었으나 이제는 경찰에 상납하는 잔돈푼을 뜻하는 말이 되었다).

앙골라에서 공무원들은 아주 좋은 직업이라고 한다. 장소가 어디든 다양한 방법으로 국민들에게 뒷돈을 챙길 수 있어서 그렇다고 한다. 나도 임시운전면허의 유효 기간이 일 년이나 지난 것이 적발되어 돈으로 신속하게 물어낸 적이 있다.

휴우. 만사형통 가조자.

## 아이들은

일요일 아침 일찍 5시부터 시작한 낚시를 마치고 나니 10시가 훌쩍 넘어버렸다. 일찍 시작된 여름볕에 목덜미가 따끔해 질쯤, 모두가 무언의 동의하에 조용히 낚싯대를 접는다.

더위 앞에 장사 없으니 서둘러 떠나기로 하는데 문득 찾아온 공복으로 점심을 어떻게 처리할까 고민하던 차에 사딘야가 집에서 함께 점심을 하자고 청한다. 혼자서 다시 점심을 준비할 엄두가 나지 않아 흔쾌히 초대에 응한다. 갑자기 들이닥친 낯선 외국인의 방문에 식구들이 바빠지기 시작한다.

오늘 잡은 고기가 바로 손질에 들어가고, 마당에 급하게 숯불을 피우며 모두가 부산하다. 주말이면 밥 먹을 때만큼은 식구들이 모여서 먹는 와자지껄한 광경을 그리워했는데 참 오랜만에 이런 분위기에서 밥을 먹게 되는 듯.

요리는 함께했지만 밥상은 냉정하게 구분이 된다. 어른은 손님

케베강 옆에 굴을 구워 먹은 흔적이 있어 다가가 본다.
아직 불씨가 남아서 뒤적거리고 있는데 동네 꼬마 너석이 찾아도
없을 거라는 표정으로 나를 쳐다본다. 머쓱해져서 웃고 만다.

과 한 테이블에서 겸상. 아이들은 부엌에서 선 채로 손님상에
오르지 못하는 반찬거리들로 간단하게 한 끼를 해결한다. 한국
에서라면 아동 학대라고 할 만치 보잘것없는 반찬으로 식사를
하는데 식사를 하는 내내 나도 불편하다. 고국의 우리 딸이 알
았다면 신고라도 할 상황이지만 이곳에는 흔한 상황인 듯하다.
일전에 뉴스에서 앙골라는 아동이 살아남기에 가장 열악한 지
역 중의 하나라는데….

참, 이곳엔 어린이날도 없다.

구두닦이
소년

처음엔 몰랐다. 무엇을 들고 다니는지. 왜 그렇게 우리 일행을 유심히 관찰하는지. 그런데 도대체 무엇을 관찰한 것인지 값싼 슬리퍼를 신고 있는 나를 보고서도 막무가내로 구두닦이 통을 내미는 이 상황은 서로 말은 통하지 않지만 저 눈빛 속에 오늘 하루의 고단함이 단번에 읽혔다. "하루 종일 돌아 다녔다. 이 동네에 구두 신은 사람이 없어 닦을 게 없었다. 닦아도 먼지가 많이 날리니 누가 닦겠는가. 돈 많아 보이는 당신-외국인이 눈에 띄었다. 무작정 왔다. 좀 도와 달라." 이거 아니겠는가.

두말 않고 100 콴자를 뒤적거려 찾아서 자존심이 상하지 않을 듯한 표정으로 내민다. 그냥 받아간다. 무작정 손만 내미는 거리의 어른들에 비하면 구두통이라도 매고 다니는 이 아이들은 도움을 받을 자격이 충분하다. MAXI shop 앞에서 물통을 차로 날라다 주고는 동전을 기대하는 아이들처럼.
염치라는 것이 이런 것이다.

# 중국어선

낚시 중인 나의 앞을 지나치며 가는 어선 한 척에 중국 선원들이 가득 타고 있다. 이역만리에서 함께 공감하는 부분이 있어서 그런가? 서로 미소로 인사를 건넨다. 니하오마.

그들은 나를 보고 놀라지 않는다. 아마 당연히 중국인인 줄 알았으리라.

소박한 어구들. 이러니 저 앞바다에서의 중국 선박들의 싹쓸이에 대적할 도리가 없다. 쇠못 하나 없이 쁘로그 나무못으로만 발사나무를 고정하여 뚝딱 만들어 내는 기술만은 높이 산다.

집 앞 해변에서 무료함을 달래려 던진 낚시에 가오리가 올라왔다. 근처를 지나가던 아이들에게 한 마리를 주니 너무 좋아한다. 여기선 인기가 있는 어종이렸다. 그런데 뒤에서 쳐다만 보고 있던 젊은 애들이 때로 몰려와 내 뒤에 자리를 잡고 앉아 버틴다. 저마다 알아들을 수 없는 말로 자신을 지목한다. 한 마리 더 올라오면 꼭 달라는 뜻인가 보다.

그리고 어설픈 영어로 가장 수작을 많이 걸던 청년이 자랑스럽게 뒤이어 나온 한 마리를 획득한다. 나에게는 소일거리요, 그에게는 횡재이니 이 또한 즐겁지 아니한가. 그리고 영어라도 한마디 해야 외국인에게 고기라도 한 마리 얻는다는 진리를 이곳의 아이들이 빨리 깨닫기를.

소박한 이구들. 이러니 중국 선박들의 싹쓸이에 대적할 도리가 없다. 쇠못 하나 없이 쁘로그 나무못으로만 발사나무를 고정하여 뗏목 만들어내는 기술만은 높이 산다.

# 원숭이

RIO KWANZA(콴자강)는 회사에서 수도 루안다의 공항을 가기 위해서 반드시 넘어야할 강이다. 다리 양쪽의 초입에서 길게 좌우로는 지뢰 팻말이 곳곳에 있어서 감히 다리를 무시하고 다른 길로 접어들 엄두가 나지 않는 곳이다. 검문소 초입에서 자동차를 기웃거리며 바나나를 구걸하는 원숭이들. 오가는 차량들의 위협에도 신경 쓰지도 않고 바나나만 들고 있으면 달려온다.

야생 동물이 거의 멸종한 앙골라에서 사람들의 식탐을 피하여 그나마 살아남은 동물들 중에 원숭이와 물속의 악어가 있다. 악어는 본 적이 없지만 원숭이는 그나마 종종 눈에 띠어서 이곳도 아프리카임을 알게 한다.

# 첫 동거인

도마뱀이 들어올 틈이 없는데 며칠 전부터 자는 머리맡 천장에 딱 붙어 있는 도마뱀을 발견한다. 자는 동안 내 얼굴로 떨어질 정도는 아니라는 믿음은 있다. 평소 이놈들의 발바닥 접착력을 믿기에 의심의 여지가 없지만, 그렇다고 나와 눈을 마주치고 함께 잘 짬밥은 아니지 않는가.

파리채를 들고 가까이만 다가가도 도망치는 녀석을 쫓아다니다 결국 천장에서 뚝 떨어지는 놈을 손으로 받아낸다. 정작 잡히고 나서는 몸부림이나 도망갈 기미를 보이지 않고 얼어있다. 아니면 그새 정이 들었는가. 손바닥에 전해지는 촉감이나 녀석의 말똥말똥한 눈망울을 보니 밉지는 않다. 아니 작은 발가락은 너무 사랑스럽기까지 하다. 그 작은 발가락으로 내 손가락을 움켜쥐고 버티는 모습이 앙증맞지 않은가. 하지만 내 방에는 더 이상 잡아먹을 파리도 모기도 없다. 나의 첫 번째 동거인을 그만 퇴거시킨다.

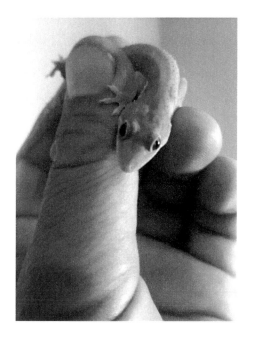

# 맹글로브 나무

우리가 종종 찾는 이곳 해변은 강과 바다가 만나는 곳이다. 강 언저리를 타고 잘 자라고 있는 맹글로브 나무. 줄기에서부터 다시 뿌리가 내려오고, 운 때를 잘못 만난 뿌리는 바닥에 닿기 전에 썩어서 속이 비어 버리기도 하지만 이곳의 뿌리는 보기에도 무척 건강해 보인다.

그래. 조금만 더, 몇 달만 더 버티면 바닥에 닿으리라. 해풍과 뜨거운 열기에 절대 포기하지 말고 조금만 더 버텨라. 닿지 않아서 모르는 바로 밑에 땅이 가까워졌으니. 절대 포기하지 마라.

물에 떨어지지 못하고 모래 위에 떨어져 버린 씨앗이 애처롭다. 곧 좋은 계절이 돌아와 너를 물가로 인도하리라. 포기하지 마라.

사전을 뒤져보니 맹그로브 중 특정 종은 씨앗을 통해 번식하는 다른 식물들과 달리 주아*propagule*라 불리는 작은 나무를 떨어뜨

낚시터 옆 맹그로브 나무를 타고
주렁주렁 매달린 굴이 보인다

리는 방식으로 번식한단다. 이런 식물을 태생식물이라 한다. 주아는 열매가 원 가지에 달려있는 동안 기다란 뿌리가 10~50㎝까지 아래쪽으로 자라 만들어지는데, 종에 따라 10~50㎝ 정도까지 자란다. 주아가 적절한 크기로 자라게 되면 원가지에서 떨어지게 된다.

주아가 바로 땅 위에 떨어졌을 경우 그 자리에서 자랄 수 있으나, 물 위에 떨어질 경우에는 물 위에 뜰 수 있고 자체적으로 광합성을 할 수 있어 물 위를 떠다니다가 적절한 환경을 만나면 바로 뿌리를 내리고 생장을 시작하기도 한다.

이러한 방식의 번식법은 물을 이용하여 먼 거리를 이동하여 분산되거나 생존하는데 유리하다.

최장 40일까지 이동한 기록이 있다네. 놀랍고 대견한 식물이다.

## 쑥스러움과
## 뻔뻔함

물에 불린 죽은 쥐의 살을 발라 낚시를 하는 동네 아이들. 낚시
는 현지인을 따라하면 본전은 건진다는데, 도저히 쥐의 주검을
만질 엄두가 나질 않는다. 나는 풍족함과 다소의 고급함에 물
든 것이고, 아이들은 순진하고 절박하다.

마주하는 풍경과 상황에서 아무것도 느끼지 못하고 깨닫지 못
하는 삶에 내가 너무 익숙해져 버린 것인가. 아니면 고집 속에
서 주위를 둘러보며 뭔가 배우기를 내가 잊어버린 것인가.

아! 가증스러워지는
이 나이의 쑥스러움과 뻔뻔함이여.

# 알로에

좀 늙어 보이기는 하지만 분명 알로에인데 지천에 널려 있다. 여기가 원산지가 아닐까? 잎이 자랄 때마다 따박따박 잎을 따버린 알로에가 아니라 아프리카의 모진 기후에 단련되어 붉은 꽃까지 제대로 활짝 핀 늙은 알로에와 마주 선다. 아마도 약발도 잘 먹히겠지만 손을 대기에는 범접하지 못할 기운도 느껴진다. 연륜도 이렇게 쌓여야 하겠지. 부와 늙은 주름과 직위를 가지고 연륜을 자랑하는 속물이 되지 않아야 한다고 나를 가르친다.

나무노회라고도 하는 알로에속*Aloe*에 속하는 식물이란다. 아프리카가 원산지인데 약 300종이 된단다. 알로에는 아라비아어로 '맛이 쓰다'는 뜻이며 노회란 Aloe의 '로에'를 한자로 바꾼 이름이란다.*

---

\* 사전 자료 인용.

## 빨래줄

시골에서는 바람과 볕이 드는 모든 곳이 빨래줄이 된다. 쿨하다.
햇볕이 말리고 바람은 먼지를 가져와 다시 옷의 색깔을 흐린다.

차를 타고 비포장을 달리다가 매번 울타리에 널린 빨래를 보
면 왠지 급하게 속도를 줄여야 할 것 같은 강한 의무감을 느낀
다. 바람이 말리고 먼지를 머금은 빨래를 나마저 먼지로 더럽
히면 참 나쁜 놈이 될 것 같다는 생각에 빨래만큼이나 짓눌리
게 된다.

# 위태로운 낚시

일요일 오후 한가하게 낚시를 즐기고 있는 Jetty 안벽 아래에서 인기척이 느껴진다. 형제로 보이는 꼬마 두 명이 구조물 아래 난간에 위태롭게 몸을 의지한 채 낚시를 하고 있다. 도구래야 그저 나무 막대기에 엉성하게 줄을 묶고 바늘 하나 달아서 작은 고기들을 노리는데, 노련하게도 약은 고기의 입질을 놓치지 않고 연거푸 멸치만한 고기를 잘도 낚아낸다.

물로 떨어진다 해도 크게 다친다거나 수영을 못할 것 같지는 않지만 낚시하는 내내 마음이 쓰여서 계속 확인하게 만든다.

## 무료한 일요일 오후의
## 조용한 암보임 해변

대부분의 이곳 아이들이 그러하듯 집안에서는 놀 거리가 없으니 모두 해변으로 몰려 나온다.

그 흔한 게임이나 인터넷 등등 뭐 하나 갖추어진 것이 없으니 해변은 자연스레 주일마다 그들의 안방이요, 게임방이다.

벌거숭이 꼬마 녀석들이 낚시하는 내 주위를 어슬렁거리다가 대꾸도 없고 말도 통하지 않으니 뒤쪽 모래판에 배를 깔고 누워 있다. 부끄러움을 탈 나이가 되어 보이는데도 이방인의 시선은 아랑곳하지 않겠다는 듯 홀딱 벗은 몸으로 잘도 놀고 있다.

야릇하게 처다보는 내가 이상한 것인가, 철없는 저 아이들이 이상한 것인가.

여긴 앙골라. 결국은 내가 이상하다는 결론 밖에는 내릴 것이 없다. 살아온 여정이 온통 남을 의식하고 경쟁하며 살아온 탓일까. 왜 저 아이들이 내 눈치를 보기를 기대했던 것일까?

그저 남의 나라 땅 어느 해변에서 잠시 시간과 장소를 빌려 낚시하는 이방인인 주제에 자격도 안 되는 눈치를 주려 했던 나를 부끄럽다고 생각하게 되었다. 옷을 입고 있으면서도 내가 부끄러워졌다.

누군가가 Porto Amboim을 방문한다면, 그리고 그 목적이 관광이라면 이 해변 말고 그들이 기대할 것은 없다. 연중 따사한 햇살과 아직까지는 청정한 바닷물, 그리고 이 순진하고 가끔은 부끄럼을 모르는 아이들이 이곳이 가진 전부다.

그가 호기심에 계속 처다보는 아이들의 시선을 불편해 하지 않는다면 환영받을 것이다.

생선 시장 초입에서 강렬한 냄새와 함께 건조되고 있는 정어리(사르딘야)들. 너무 지독한 비린내 때문에 잠시 정신이 혼란스럽다. 그리고 그 때문에 나는 고기값 흥정에서 또 지고 만다. 정신이 혼미해서. 그리고 냄새와 파리에서 빨리 벗어나고픈 조급함에.

바닥이 평평한 목조 어선에 모터만 달고 저 앞바다에서 고기를 잡는 모양이다. 저 앞으로 보이는 바다 위에는 중국의 대형 어선들이 줄을 지어 출항을 준비하고 있다. 비교가 안 되는 경쟁을 하며 그저 고기의 씨가 말라서 중국인들이 물러가기를 기다릴 수밖에 없다고 한다.

집 떠나 먼 길 가려할 땐
긴 강이나 높은 산, 너른 벌판을
보고 기억해야 한다.
다시 돌아올 것을 염두에 두자니
큰 건물이나 곧은 도로는
또 언제 바뀔지도 모르니
먼 훗날을 기약하려면
그리해야 한다.
먼 후일에

다시 만나야할 사람에게
나는 그의 무엇을 기억하고
그는 나의 무엇을 기억할까
그리고 나는
그가 나를 기억할 수 있는
무엇을 지금 남기려 하나.

## 꾸물꾸물

무언가에 몰두하기에는 충분한 시간이 보장된 앙골라인데도 마음은 몸을 독려하지 않고, 몸 또한 쉽사리 행동을 시작하려 일어나지 않는다. 누구나가 겪는 의지박약인데 장소만 바뀌었다고 고쳐지리오. 젠장, 인정하는 게 스트레스를 덜 받는 건데. 그리고 지금 이 생각을 두 시간째 침대에 누워서 하고 있다는 거. 토요일 아침의 이 달콤한 수면을 억지로 연장해 보려고 나는 침대에 머리를 올려 두고 일어나지 않아도 될 101개의 핑계 중에 하나만을 방금 떠올렸을 뿐이다.

영화 속 누군가의 말처럼, 대부분의 인생사는 할 수 있느냐 없느냐의 문제가 아니다. 솔직히 사람들은 할 수 없는 것에 대한 생각을 오래하지는 않는다. 다만 할 수 있는 것을 앞에 두고는 할 건지 말 건지를 고민한다. 그리고 휴가 중에 문득 라디오에서 들었던 그 말이 잊히지가 않는다.

할 수 있는데도 안 하지는 말자. 좀 하자. 제발.

# 아이들에게

앞이 보이지 않는 이 구석진 어촌의 아이들에게 넬슨 만델라 대
통령이 감옥에서 외우며 약해져가는 자신을 달랬던 이 시를 들
려주고 싶다. 그것밖에 해줄 수 있는 것이 없다.

Invictus(정복되지 않는) - 윌리엄 어네스트 헨리

나를 감싸고 있는 밤은 구덩이 속같이 어둡다.
어떤 신에게라도 정복되지 않는 영혼을 내게 주심에 나는 감사
하리라.

가혹한 상황의 손아귀에서도 나는 움츠러들거나 소리 내어 울지
않으리. 운명의 막대기가 날 내려쳐 내 머리가 피투성이가 되어
도 나는 굽히지 않으리.

분노와 비탄 너머에 어둠의 공포만이, 거대하고 절박한 세월이
흘러가지만 나는 두려움에 떨지 않으리.

지나가야 할 문이 얼마나 좁은지 얼마나 가혹한 벌이 기다릴지
는 문제되지 않는다.

나는 내 운명의 주인이며 나는 내 영혼의 선장이다.
억압받는 이에게는 용기를 그리고 나처럼 게으른 이에게는 시작
하고 지속할 용기를.

# 책상 밑 청소

주말 오후 정말 할 일이 없어서 책상 아래에 처박아둔 박스를 열고서 예전에는 간직할 가치가 있었겠으나 이제는 어디에 놓아두었는지도 몰랐던 각종 자료들을 버리기로 했다. 꽤 오래 전에 공부를 시작했다가 팽개쳐 두었던 자격증 시험 자료에서 100살까지의 인생 설계를 끄적거린 자료까지. 참 많이도 쌓아두고만 있던 자료들이다.

시작은 하고 끝은 보지 못한 빛이 바랜 종이들. 오늘 정리를 하지 않았어도 1년 혹은 10년이 지난 후에 다시 들여다본다면 나의 후회의 깨달음이 좀 덜했을까 하고 곰곰이 생각해 본다. 지금 당장 정리를 해야 한다.

나이 마흔에 시작하다가 멈춘 공부를 왜 삼십 대나 이십 대에는 하지 않았을까 후회해본들 소용이 없지만, 사십 대에 포기한 일을 더 늦기 전에 오십 대나 육십 대에도 시도해 보지 않는다면 정말 인생 잘못 사는 거 아닐까 하고 걱정이 들었기 때문이다.

누군가가 더 젊은 시절에 하지 않았던 것은 비겁해서였고, 하지 못했던 그것을 나중에라도 돌아보려 하지 않은 것이 인생 최고의 후회라고 하더라.

나는 아직 최고라고 할 만한 후회 따위는 해보지도 않았을지 모른다. 다만 지금 딱 이 나이에 돌아보아야 할 일을 바로 지금 돌아보고 가지 않으면 정말 비겁할 것 같고, 후회할 지도 모른다는 두려움은 가지고 살아가고 있다. 다들 그렇게 살고 있는지는 모르지만.

# 휴가

휴가를 가는 중이다.

가는 중이라고 하는 이유는 이동하는 여정이 3일이기 때문이다. 앙골라 수도 루안다에서 두바이까지 8시간-시차 3시간, 두바이에서 홍콩으로 8시간-시차 4시간, 마침내 홍콩에서 부산으로 4시간-시차 1시간. 3번의 다른 항공기에서 다른 시간대를 거스르며 여행 중이다.

장거리 항공 이동의 좋은 점 하나. 새벽 2시에도 말똥한 정신으로 깨어 있을 수 있다는 것.

떠나온 곳의 시차에 아직도 익숙하고 도착할 곳의 시차에는 이제야 적응을 시작하는 과정이다. 그래서 피곤이 몰려와 늘어져야 할 비행 3일차지만 정신만은 말짱하다.

새로운 분위기를 만드는 방법 중에 시차를 흐트리는 먼 곳으로
의 여행만큼 쉬운 방법이 있을까?

자야할 시간이지만 잠이 오지 않는 이 상황은 오래 머물던 곳
에서 느꼈던 그 괴로움과는 다른 신선하고 가슴 두근거리는 괴
로움이다.

# 늙은 오이

몇 주를 두고 보다가 정원의 한켠을 모두 차지해 버린 오이 줄기에서 크고 노랗게 익어버린 오이 하나를 과감히 따버렸다. 앙골라의 풍부한 햇살에 제법 빨리 자랐지만 더 이상 일용할 반찬으로는 너무 많이 늙어버린 탓이다.

그리고 일주일이 지났다. 오늘 다시 둘러본 오이 줄기에는 작고 어린 오이들이 주렁주렁 달려있었다. 종족번식을 위한 자연스러운 현상이겠지만, 오이 줄기는 늙은 오이 하나에만 공급하던 양분들을 이제 다른 줄기와 어린 오이들에게 막 공급하기 시작한 것 같다.

다른 어린 오이들을 위해 무조건 늙은 오이를 따주어야만 하는지는 알 수 없으나 그 오이를 제거해 주지 않으면 어린 오이들은 더 크게 자랄 수가 없다.

나는 늙은 오이인가 더 자랄 오이인가. 답은 없지만 주변을 둘러보며, 그리고 자신을 냉정하게 돌아보며 판단할 일이다. 충만했을 때 알아서 퇴장해 주는 것이 가장 아름다운 것인데.

# 독서

내가 책 읽기를 좋아하는 이유 중 하나는 머릿속 한 귀퉁이, 입술 언저리에서 나올 듯 말 듯 하고 싶었던 그 말을 책 속의 어느 한 구절로 마주친 순간, 마치 내가 이야기하듯 책을 읽고 있는 나와 읽히는 내가, 그리고 작가와 내가 그 순간 같은 생각을 공유하는 같은 몸이 되어 저도 모르게 나의 입으로 읽혀 내가 한 말이 되어 버리는 경험 때문이다. 어쩜 내가 꼭 하고 싶었던 말을 이렇게 명쾌하게 활자로 풀어 놓았는지 감탄하며 고마워하게 된다.

글쓴이가 이 글을 써 내려간 그 시간 그 날 그 분위기는 어떤 순간이었을까. 글을 읽으며 뇌의 어느 한 구석에서 끊임없이 표현할 방법을 찾고 있던, 제목을 부여하지 못한 그 생각을 저자는 어떻게 표현해 내었을까. 경이롭지 않은가.

책을 읽으며 밑줄을 쭈욱 치고 싶은 글이 있다면 그 구절은 표현하고 싶었던 나의 다른 나를 그가 대신한 것이다. 그런 순간은 쉽게 책장을 넘기지 않아도 좋다. 잠시 책을 덮고 나의 생각과 그의 생각이 일치하게 된 이유와 그의 심정을 공감해 보며 다시 다른 언어로 나의 생각을 정리해 본다. 그렇게 성숙해 가는 거 아닐까. 내가 생각하는 나를 더 근사하게 만들어 줄 것이다.

타인의 글에서 조금만 도움을 받으면 어떤가. 물론 다른 책을 또 집어 들고 읽어 가다보면 더 좋은 표현에 솔깃하여 또 나의 생각으로 착각하는 일도 생기겠지만, 어떤가.
그렇게 해서라도 좀 더 성숙해질 수 있다면,
생각도 표현도.

## 다음에

인터넷이 가끔씩 터지는 날에는 이곳에서 한국의 지인들에게 오랜만에 카톡을 보냈다. '다음에' 한 번 보자는 답장이 온다. 그런데 '다음에'라는 그 말을 지키는 경우보다 지키지 못하는 경우가 더 많았다. 다음에는 때론 '언젠가'가 아니라 '영원히'가 될 수도 있음을 너무도 잘 안다. '다음에'라며 쉽게 답장하고 그러자고 쉽게 약속해 버린 말들이 너무 빈번하여 한 번은 '다음에'라고 연락을 주고받은 이들을 모두 기록해 두고 한국으로 휴가를 간 다음 날부터 왔노라고, 보자고 연락을 보내 보았다. 대부분은 이전의 '다음에'라는 답장에 얼마나 주의를 주지 않았는지, 얼마나 쉽게 답장을 했는지 바로 깨닫게 된다. 그 '다음에'는 진정한 '다음에'가 아니었던 것이다. '다음에'로 쉽게 답장하는 것에 책임감을 느끼지 못한 것일까. 여러 가지로 따질 수도 질책할 수도 없는 빈 약속이었다.

나부터 조심해야 하겠다. 함부로 '다음에'라고 해서는 안 되겠
다. 다시 만나기 위해 서로가 조금씩 희생하며 시간과 장소를
정해야 하는 그 어려운(?)일을 해내기 위해 약속을 남발해서는
안 되겠다.

휴대폰은 마음의 거리는 가깝게 하고 물리적인 거리는 더 멀게
만든다. 연락만 되면 가까워지는 것인가. 얼굴도 보지 않고 너
무 많은 안부를 물어보는 것은 아닐까. 화면에 보이니 가까운
듯 착각하고 무심히 흘려버린 많은 대화들에 더 이상 위로를 삼
거나 스스로를 대견해하며 그냥 저냥 넘어가지 말아야 한다. 얼
굴과 목소리뿐이고, 뜨거워지는 휴대폰의 반대편에서 사람의
온기는 오히려 식어가고 있다.

# 물차
*Water truck*

수도 시설이 없는 곳이라 최소 이틀에 한 번씩은 물차가 와서 탱크를 채워야 한다. 인근 케베강에서 강물을 트럭으로 실어와 물탱크에 채우고 흙탕물이 가라앉는 시간을 잘 맞추어 설거지와 샤워를 해야 한다. 우기철 상류에서 흙탕물이 많이 내려오는 날 퍼온 물은 좀 더 오랜 시간을 기다린 후에야 사용이 가능하다. 별도의 정수 장치가 없기 때문에 부유물과 진흙이 모두 가라앉기를 기다려야 하기 때문이다.

처음 이곳에 왔을 때 도착한 물차를 보고 반가운 마음에 샤워 꼭지를 틀었다가 흙탕물 샤워를 한 기억이 트라우마로 아직도 남아있다. 좋게 생각하면 머드*Mud* 샤워지만 한 번 당하고 나니 웬만해서는 함부로 샤워 꼭지를 틀 수가 없게 되었다. 이 물마저도 나오지 않는 아침이면 별도로 구입해온 생수통을 열어 비싼 세수를 해야 한다.

고지대에 위치한 작은 마을에서는 이 물조차 귀해서 며칠을 목이 빠지게 기다리는데, 그들에게는 이 물이 생활용수임과 동시에 음용수이기 때문이다. 우리 숙소의 경비들도 별도로 생수를 구입해서 먹는 낭비(?)보다는 적당히 부유물이 가라앉은 이 물을 얼렸다가 마시고 있다.

마찬가지로 그 물을 마시고도 잘만 뛰어 노는 아이들을 보면 신기하기만 하다. 하지만 이런 연유로 이곳에서는 어린 아이를 셋을 낳아도 둘이 살아남기 힘들고, 평균 수명이 60세를 넘기지 못하는 것이 아닐까.

오늘은 물이 참 찰지다.

# 시리아 난민

시리아 난민 이야기로 세상이 우울하다.

그래도 여기 아이들은 10년여 전에 끝난 내전의 혜택을 이제 누리고 삽니다. 이 아이들도 어쩌면 해변에 누워있는 저 어린 소년 쿠르디처럼 이름 모를 어느 나라의 해변으로 도피를 해야 했을 상황을 맞았을 수도 있었으니까.

단지 우리가 운 좋게도 시리아에서 태어나지 않았고 난민이 된 부모를 만나지 않아 이렇게 살아서 크루디를 보는 것이 당연한 듯하게 생각되는 것. 미안해야 한다.

열심히 살았기에 꼭 이 자리에 있는 것은 아니다. 이미 우리는 태어난 곳에서 보장된 인센티브를 누리며 생을 시작한다. 좀 덜 사는 나라에 가서 절대 현지인들을 업신여기지 말자. 그들은 처음부터 시작하는 출발점이 우리와 달랐을 뿐이다. 이곳에서 가끔씩 만나는 중국인들도 무시할 수 없는 이유다. 수저마저도 없는 사람들에게 나는 흙수저가 아니라 또 다른 금수저일 수도 있다.

앙골라에서 404.2캐럿짜리 다이아몬드가 발견되었다. 크기가 신용카드만 하고 시가 242억 원 가치. 순도 최고인 '타입IIa' 등급. 색상은 완전 무색의 D로 백색 계열의 다이아몬드 중 가장 희귀하고 값진 색상.

앙골라가 세계 4번째 다이아몬드 생산국이라고, 보석이 많이 나온다고 국민들의 생활이 윤택한 것은 아니다.

차라리 한 10만 원 짜리의 값어치가 있는 수 만개의 다이아몬드 조각이 여러 사람들에게 발견되어 다소나마 생활에 보탬이 되는 것이 훨씬 나을 것 같다.

# 축복

해양 경비대에서 야드를 빌려 경비함의 진수식을 거행하겠다고 알려 왔다. 소형 경비함의 크기에 비해 너무 성대해 보이는 행사 같았지만, 이곳에서 자주 있는 일이 아니다 보니 이렇게 행사가 커질 수도 있겠다고 이해하기로 한다.

땡볕 아래에서 나를 포함한 많은 사람들이 기다리고 있었지만 진수식은 늦게 도착하는 손님들로 인해 한 시간여를 지체한 후 거행되었다. 평소에는 무심하게 넘어갔을 앙골라의 시간 개념 이지만 태양의 열기에 비례하여 기다림도 짜증의 수위를 높인 다. 어느 정도 손님들이 도착하자 드디어 식이 시작된다. 늘 그 러하듯 내빈을 소개하고 관련 기관장의 인사말이 지루하게 이 어지더니 경비함의 열쇠 전달식이 끝나고 아마도 축복을 기원 하는 행사로 여겨지는 의식이 거행된다.

식을 거행하기 전 몇몇이 봉투에 잔뜩 싸들고 온 것들을 풀어 서 배에 뿌리고는 바다에 던져 버린다. 자세히 보니 포도주, 맥주, 콜라, 담배 등등이다.

종종 명명식 자리에서 샴페인을 깨뜨리는 광경은 목격했었지만 앙골라에서는 좀 더 유별나게 뿌리는 것이 많다. 예로부터 전해져 오는 주술적인 의미도 있을 터이지만 어쩌면 법과 제도만으로는 배의 안전을 보장 받을 수 없다는 일종의 불신이 있는 것은 아닌가 하고 역으로 생각해 본다.

국영 석유회사와 군과 경찰이 끈끈한 가족처럼 얽힌 곳. 그래서 어느 후진국처럼 정치와 제도가 구석구석 모든 것을 따듯하게 보듬어주지 못하는 것은 사실이다.

그래서 불안할수록 더 많은 것들을 신에게 바치는 것이 아닐까? 정치가 오염되고 사회가 불안해진다면 이곳의 사람들은 더 많은 것들을 신에게 바쳐야 할지도 모른다. 그리고 어느 선을 넘게 되면 아마도 미신이 생활 속에 자리 잡게 되리라.

행사는 무사히 마쳤지만 바다 위를 떠다니는 많은 빈 병들과 점점 뜨거워지는 기온에 마냥 축복만 해줄 수는 없는 마음이다.

아프리카 앙골라의 수도 루안다가 전 세계 도시 가운데 생활비가 가장 비싸.

루안다의 침실 2개짜리 아파트의 월평균 임대료는 806만 원
청바지 한 벌은 28만 5,000원
패스트푸드 햄버거는 17.15달러(약 2만 400원)
대다수 국민 하루 2달러 미만의 수입으로 생계.

# 입막음

경제도 어려운 앙골라이지만 저성장에 따른 민심의 분노를 잠
재우기 위해 이곳의 여당 MPLA는 모든 SNS, 인터넷을 포함한
대중 매체에 대한 검열을 강화하는 법안을 2016년 8월에 통과
시켰다. 불만의 전파를 막겠다는 이 원시적인 법안은 비록 낙후
된 통신 기반 위에 살고 있더라도 민심은 SNS가 아니라 더 무서
운 입소문을 타고 흐르는 막을 수 없는 대세임을 아직 깨닫지
못하고 있는 것이다.

대통령뿐만 아니라 그의 아들과 딸이 최고의 부를 거머쥔 나
라. 그리고 1979년부터 정권을 장악한 이 나라의 대통령은 올해
도 역시 2017년 선거를 준비하는 당대표로 선출되었다. MPLA
는 앙골라의 해방을 위한 대중 운동이라는 뜻인데, 그가 해방
하고자하는 것은 무엇이었을까? 인민으로부터 눈치 보지 않을
해방 아니었을까. 한때 암울했던 예전 한국 정치 역사가 이곳
먼 아프리카에서도 계속 반복되고 있다.

그가 새겨들어야 할 이야기는 외국의 특파원들이 자국으로 날리는 아이들이 살기에 최악의 장소, 외국인이 살기에 가장 비싼 도시, 아프리카 최고의 부를 가진 여자(딸), 그리고 최악의 황열병 발생 등의 뉴스이다. 한국에서 어느 위정자가 저질렀던 실수를 이곳에서 한 사람이 다시 반복하고 있다.

그나저나 37년 동안 대통령을 하면 어떤 느낌일까? 그래도 계속하고 싶을까?

예전에 들어본 적이 있는 이슬람 학문의 거장 이븐 할둔의 무캇디마*AL-MUQADDIMAH*에 설명된 선구적인 사회경제학의 내용이 떠오른다.

"힘 있는 자들이 사람들의 돈을 빼앗는 행위는 더 많이 벌고자 열심히 일하려는 인민의 의지를 꺾어 버린다. 사람들은 결국 저들이 한 톨도 남겨두지 않으리란 것을 알게 되고, 돈을 벌 것이라는 희망을 상실하여 일을 놓게 되고, 또 일이 없으면 가난에 시달려 늘 실망만 안게 된다. 이 모든 착취의 원인은 언제나 정부나 술탄이 더 많은 돈을 쓰려는 데서 나온다. 그들은 정상 수입으로는 모자라 새로운 세금을 고안하고 온갖 재주를 부려 세수의 증대를 추구한다. 인민은 땅을 갈지 않은 채 떠나고, 그 결

과 제국의 크기는 줄어들고 변경선은 사라지고 조직은 흔들린
다. 정부는 쇠약해지고, 군대가 정부의 권위에 맞서기 시작하면
정부는 군대에 하사품과 특별 상여금을 듬뿍 내리는 처방 밖에
대책이 없다."

14세기 이슬람의 학자가 주장한 이 논리가 21세기 앙골라의 이
벽지 어촌에도 들어맞는 건 너무도 빤한 실수를 이 나라도 저
지르고 있기 때문은 아닐까?

2016. 3. 30 뉴스
앙골라 독재정부를 비판해온 유명 래퍼가 반역죄로 몰려 처벌
받다.

법원에서 래퍼 루아티 베이라우에게 징역 5년 5개월을 선고했다
는 뉴스가 떴다. '정부 전복' 행위 때문이라고 하는데, 친구들과
비폭력 저항에 관한 책을 읽고 토론을 한 것이 죄란다. 예전 우
리나라 정보기관의 생떼 쓰기와 유사하다. 읽었다는 책 이름이
이 시대를 살아가는 앙골라 젊은이들의 고뇌를 알게 해준다.

_ 미국 학자 진 샤프의 저서 『독재에서 민주주의로』.

# 황열병

2016년 정초부터 황열병에 관련한 소문들이 들려오더니 오늘 신문에는 450명이 보고되어 그중 178명이 숨졌다는 안타까운 소식이 실렸다. 심지어 그중에는 돈벌이 때문에 머나먼 이국 땅으로 내몰린 북한 노동자 10여 명도 포함되어 있다는데….

어처구니 없게도 그나마 최고의 물가와 위생을 자랑한다는 수도 루안다 동부 외곽의 비아나에서만 173명의 황열병 의심환자 중 29명이 사망했다고 한다. 아마 물가가 비싼 루안다에서 도저히 방세를 감당하지 못하고 시 외곽으로 밀려나 살고 있는 극빈층 동네에서 사망자가 많이 나오지 않았을까 추측해 본다.

세계 어느 도시와 마찬가지로 번화가의 사치는 쓰레기와 각종 오수를 잉태하여 시 외곽으로 흘려보내기 마련이고, 외곽에는 부를 쫓아 무작정 상경한 극빈층들이 열악한 환경에서 삶을 연명하게 마련이니 어쩌면 필연적인 결과가 아니겠는가.

앙골라에서 황열병이 발생한 것은 30년 만에 처음이다. 이 고
약한 질병은 특히 가진 것이 없는 사람들에게 달라붙는다. 그
것이 아프다.

# 반군

Angola 영토이지만 콩고민주공화국 안에 따로 떨어져 있는 Cabinda 주에서 지난주에 무장반군의 습격이 자행됐다.

반군 단체 카빈다 해방전선은 성명을 통해 아프리카 최대 산유국 중 하나인 Angola의 유전지대에서 일하는 외국인에게 떠나라고 경고했으며, 반군은 지난 1975년 이래 Cabinda 주의 분리를 요구하며 정부군을 상대로 무장투쟁을 전개하고 있다.

카빈다 지역은 콩고민주공화국 영토를 사이에 두고 앙골라의 다른 지역과 분리돼 있다. 앙골라가 포르투갈로부터 독립하기 전까지 개별 국가를 세우려 시도했지만 1975년 독립 당시 앙골라의 14개 주 가운데 하나로 편입됐다.
카빈다에서만 매일 90만 배럴의 원유가 생산된다.
이를 수출하면 주민 1인당 10만 달러씩 줄 수 있다.
그런데 카빈다는 앙골라에서 가장 가난한 주라고 한다.

# 범인

잔디밭 청소가 끝난 후 더 이상 먹을 곤충이 없어지자 도마뱀
들이 다시 나의 농작물을 건드린다. 이젠 종류도 가리지 않고
닥치는 대로 여린 잎들을 먹어 치운다. 다 익어가는 토마토는
이미 포기한 지 오래이지만, 아직 열매도 맺지 않은 콩이 공격
당하고 나니 전투 의욕이 불타올라 모두 높은 곳으로 올려 둔
다. 나도 점점 이곳에서 치열하게 생활을 영위하게 된다. 앙골
라니까.

서늘한 건기를 맞아 가져온 씨들을 뿌려두었다. 일주일이 지나
고 나온 새싹들이 하나 둘 사라지더니 결국 추수를 기대할 수
없는 지경에 이르렀다. 범인을 잡아야 한다. 처음에는 도마뱀을
의심했다. 구석에 방치된 탁자를 가져다 그 위에 화분들을 놓고
며칠을 기다려 본다. 계속 새싹이 사라진다. 도마뱀이 아니다.

이젠 참새를 의심해 본다. 다시 탁자를 뒤집어 낡은 모기장을 씌우고 기다린다. 역시 참새였다. 회사에서는 모이까지 던져주며 가까이 하고픈 존재였으나…. 그저 장소가 바뀌었을 뿐인데 참 한 순간에 원수가 되는 것은 이리도 쉬운 일인가 싶지만 세상이 원래 다 그렇다.

## 낙타

유튜브 동영상을 본 건지, 아니면 신문에 난 칼럼을 본 것인지 그 문장이 가물가물 생각이 나지 않아 다시 불을 켜고 일어나 앉았다.

그리고 기억나는 대로 얼른 다시 적어내려 간다.

"사막과도 같은 당신의 인생에 호랑이는 필요 없다.
볼품없는 낙타나 약삭빠른 사막 여우가 더 어울린다.
멋지게 보일 필요는 없다.
지금 이 모습으로 당당하게 살아갈 뿐.
멋진 맹수로 살아가고자 한다면 아예 판을 바꾸어야 한다.
밀림으로 가라."

그런데 지금 난 왜 밀림에 떨어진 낙타 같고 사막에 떨어진 사자 같냐.

# 생존

휴대폰 소리에 잠을 깬다. 불을 켰는데 반응이 없다. 잠들어 있는 시간 중 언제쯤 전기가 나갔는지는 알 수 없지만, 이른 아침 기상과 함께 맞이하는 이런 정전은 정말 반갑지가 않다. 정전을 핑계로 30분을 더 누워 뒹군다. 누군가 전기를 들어오게 해주겠지 하는 막연한 희망은 한 시간이 지나자 절망으로 돌아온다. 밥을 할 수가 없다. 물이 나오지 않으니 세수도 할 수가 없다. 어제 저녁에 대충 먹은 식사와 어젯밤 자기 전에 잠시 얼굴에 바른 물이 마지막 세수가 되었다.

생존에 직결된 짧은 불편함은 휴대폰도, 와이파이도, 아무것도 바라지 않게 나를 일순 정화시킨다. 그저 밥만 먹고 씻고 출근을 하고 싶은데 이마저도 포기해야 한다. 더 위험한 상황에서는 먹는 것도 포기하게 될 테지만 당장은 배가 고프구나.

사는 게 참 쉽다. 없으면 다 고마운 것이다. 그리고 잦은 정전은 나를 고마워할 줄 아는 좋은 사람으로 자주 만든다.

## 갈 때가 되면

히로세 유코는 『어쩌다 보니 50살이네요.』에서 "죽음을 생각하는 것이 부정적으로 보일지 모르지만, 자신이 이 세상에서 사라질 가능성은 언제든지 있다는 사실을 알게 되면 신기하게도 생이 빛나기 시작합니다. 끝이 있는 시간인 까닭에 더욱, 충만한 순간을 살고 싶다고 생각하게 됩니다."라고 한다.

아침부터 한국의 어느 L재벌 회장님의 타계 소식으로 인터넷이 술렁거리고 있다. 보통 이런 일을 접하면 일반인들은 "아~." 하고 짧은 개인의 느낌이 잠시 스쳐 갈 것이다. 물론 그 재벌의 그룹사 임직원이라면 소회는 달라지겠지만. 그리고 언론에서는 그 분의 공과를 여러 측면에서 조명하며 죽음마저도 기삿거리로 만들기 위해 하루 이틀은 분주해 진다.

만약에 나의 죽음이 오늘 현실이 된다면 세상에는 어떤 일이 일어날까? 다행인지 아쉬움인지는 알 수 없으나 가족을 제외하고는 아무 일도 일어나지 않을 것이다. 일반적인 개인의 죽음에 대해 공과를 들추고 영향을 분석할 한가한 사람은 없기 때문이다.

나는 안다. 내가 어떻게 살아왔고 겉으로 드러난 결과는 어찌되었던 간에, 어떤 생각으로 인생을 살고 사람을 대하고 어떠한 방식으로 작게나마 인류에게 공헌하고 가는지.

일부러 날을 잡아서, 혹은 죽기 전 카운트다운을 하며 이런 생을 스스로 조명해 보기는 쉽지 않다. 그나마 죽기 직전에서야 병상에서 오늘 내일하며 온전한 정신이 있을 때에나 가능한 일이며, 하물며 사고로 졸지에 이승을 급히 떠나야 한다면 말해야 무엇하리. 그래서 가끔씩 일기에서 생을 돌아보기도 한다. 장렬하고 엄숙한 형식이 아니라 소소하게 이렇게 살아서 되겠나를 되내며, 살아온 생과 살아갈 생이 무엇이 달라야 하는지, 또 어떤 것은 동일하게 유지하며 간직해야겠다는 스스로의 다짐 말이다.

누군가에게는 이 숙제가 귀찮은 일이 될 수도 있겠지만 오늘 아침에는 그것이 진짜 참 소중하다고 느낀다.

# 몸을 즐겁게 하자

입을 즐겁게 하지 말고 몸을 즐겁게 해야 하겠다는 생각이 불쑥 든 것은 어느 토요일 날에 아침밥을 된장찌개로 마무리한 뒤 남은 잔반을 화단에 쏟아버린 후였다. 양파며 호박이며 건더기만 남고 흙 아래로 아마도 된장과 고추가루 그리고 갖은 조미료로 맛이 더해진 국물이 모두 스며들었으리라.

아침부터 없는 식욕을 돋우기 위해 조미료를 한 스푼 더 넣고 어제 저녁에 끓여 먹다 남은 된장찌개를 다시 조리했었다. 몸에는 안 좋은 것인 줄 알면서 입을 즐겁게 하기 위해서 무심코 한 숟가락을 넣고 말았는데 목구멍을 흘러넘어 간 이 국물이 과연 나의 몸도 즐겁게 해 주었을까 하는 생각이 난 것은 식사가 모두 끝난 후였다.

순간의 쾌락을 위해 근원적인 것에는 도움이 안 되는 행동을 하는 것이 일상다반사이다 보니 딱히 시간을 내어 이런 고민을 해 본 적은 없었다. 그런데 문득 땅 속으로 모두 스며든 된장찌개 국물이 토양에 가져다 줄 영향을 뜬금없이 고민하다가 그 국물이 내 몸 속으로 이미 다 넘어가 흡수가 시작되고 있다는 것에 생각이 미칠 즘 아뿔싸 하고 즐거움이 진짜 필요한 대상은 입이 아니었다는 걸 생각해 낸 것이다.

몸을 이롭게 하고 즐겁게 하기 위해서, 입을 즐겁게 하는 행위는 조금씩 줄여야 하겠다. 좋은 약이 입에 쓴 다른 깊은 이유가 분명히 있을 것이다.

# 선거

2017년 8월 23일이 다가온다. 대통령 선거일이다. 37년 동안 집권한 대통령이 출마하지 않겠다고 선언한 선거다. 즉, 37년 만에 무조건 대통령이 바뀌는 선거다. 물론 같은 당의 당수가 대통령이 되겠지만, 앙골라에서는 이제껏 겪어보지 못했던 큰 변화를 만들 수 있는 작은 시작이 될 수 있는 기회다.

장기 집권에 대한 국민들의 염증을 우려해서인가? 당연히 당선 안정권에 들 것 같은데도 관권선거의 냄새가 물씬 난다. 길거리마다 여당의 당기가 내걸리고 있다. 차가 다니는 길은 모두 여당의 당기로 거의 도배가 되다시피 하다. 저거 다 돈인데 어디에서 나온 것일까.

회사 동료들의 비자 심사가 늦어져 일단 출국을 했다가 다시 들어와야 한다고 난리다. 비자업무를 처리해야 할 정부 부서 공무원들이 자리에 없단다. 정부 각 부처들이 일을 안 하고 선거에 매달려서 그렇다. 예전의 우리에게 너무 익숙한 이런한 추억 같

은 일들이 여기에서는 현재 진행형이다. 추억이 새록새록 떠오
르지 않는가.

# 일자리

내전이 끝나고 10여 년째 안정이 이루어지고 있다. 내전 후에 엄청난 수의 일자리가 만들어진 것도 아닌데 그 많던 군인들은 다 어디로 갔을까? 모두 경비원이 되었다.

우리 숙소에만 총을 든 무장 경비가 두 명. 바로 도로 건너편 휴대폰 가게에 두 명. 맞은편 약국에 한 명, 옆집 작은 숙소에 한 명, 약국 옆 커다란 주택에 두 명. 대각선 방향 버스 터미널에 세 명.

내전 후에도 계속되는 상호간의 불신과 유가 하락에 따른 경제 위기가 가져온 도둑질과 강도에 대한 불안은 그 많은 퇴직 군인들을 모두 수용하고도 남았다. 다만 급여와 처우는 일반적인 다른 직장에 비해 꽤 열악하다고 전해진다. 왜냐면 희망자는 너무 많고 하는 일이 솔직히 없기 때문에.

적은 급여와 부실한 식사, 그리고 주변의 무심함보다도 더 견디
기 힘든 것은 고요한 밤을 혼자 견뎌내야 하는 외로움이 될 것
이다. 일요일 오후의 따사로운 햇살 아래에서 경비는 침입자가
아닌 곤하게 쏟아지는 잠과의 사투를 벌인다.

# 늙어가는 것이
# 성숙이 아니다

늙는 것은 노력이 필요 없다. 나이만 먹으면 된다. 나이가 연륜을 그저 뜻하지도, 지혜를 의미하지도, 성숙을 대변하지도 못한다. 성숙하기 위해서 한 번도 노력해 보지 않은 자는 성숙함을 '나이 먹음'으로 착각한다. 자신의 인생을, 세상을 더 나아지는 방향으로 끌고 가기 위해 과거를 돌아보고 내일을 위해 노력한 사람만이 성숙하는 것이다.

그래서 나이를 먹는다면 했던 것보다는 하지 못한 것을 후회하고 더 성숙해지려고 해야 한다. 나이를 먹어서도 성숙하지 못하는 것이 제일 쪽 팔린 거다.

나의 성숙은 늙음의 속도를 따라잡고 있을까?

# 변화

30대에는 흰머리가 보일 때마다 걱정이었고, 40대에는 정수리에서부터 빠지기 시작하여 휑해진 머리가 늘 마음에 걸렸다. 젊어서부터 빠지기 시작했겠지만 어쨌거나 40대에 들어서야 그게 좀 심각하다고 느꼈다. 그런데 50대가 되고 나니 빠져버린 머리털은 더 이상 고민이 아니었다. 어느 날 문득 툭 튀어 나온 아랫배가 눈에 들어왔고 그건 또 다른 발견이었다. 하루아침에 나왔을 리가 없는데 40대에는 몰랐다. 그리고 50대가 되어서는 그게 가장 먼저 눈에 거슬리게 되었다.

몸이든 마음이든 변화를 한순간에 알아차린다는 건 어렵거나 불가능한 일이다. 다만 10년 단위로 크게 생각해 보니 그 변화는 이제 작은 것이 아니라 눈에 띌 정도로 커져 있었다.

40대에는 왜 그럼 머리털이었고 50대에는 아랫배인가.

40대에는 그래도 타인의 눈에 비교적 잘 띄는 외모에 신경을 쓴 것이고, 50대에는 스스로 몸의 건강에 대한 확신이 줄어들어 뱃살의 변화가 걱정되었던 것이다. 그리고 다시 60이 될 것이다. 그땐 어떤 변화에 또 놀라게 될까. 아마도 외모나 건강은 아닐 듯싶다. 이미 포기했거나 더 이상 놀랄만한 변화도 없을 것이기 때문이다.

이젠 겉으로 드러난 변화가 아니라 나의 마음이나 생각의 어느 부분이 바뀐 것에 놀랐으면 좋을 것 같다는 생각이 든다. 점점 고지식하게 보이는 노인의 모습으로 덜 변하기 위해서 생각만큼은 그 나이에 맞지 않게 유연하여 나 스스로가 놀라는 그런 60대가 되었으면 한다는 것이다.

# 누가 나를
# 일깨워주는가?

그런 사람이 곁에 꼭 있어야 한다. 화려한 칭찬은 필요 없다. 너무 달콤하고 순간적이기 때문이다. 일깨움의 독한 말은 오래도록 깊은 상처 딱지처럼 꽤나 오래도록 가슴과 머리에 남는다.

오래도록 타고 다닌 자가용처럼 어느새 내 몸의 일부처럼 나를 둘러싼 껍질들. 옳지 않더라도 익숙하다는 핑계로 두르고 있던 껍질. 나는 무엇을 벗고 무엇으로 다시 입어야 할까?

포르트 암보임이 나에게 준 한 가지 선물이 있다면, 꼭 있어야 한다고 믿었던 것들이 없다는 것이다. 돈이 있어도 여기선 구할 수가 없었다. 살아오면서 꼭 있어야 한다고 생각했던 물건들. 그래서 한국에서부터 놓치지 않기 위해 바락바락 싸들고 온 물건들은 정작 이곳에서는 쓸 수가 없거나 '꼭' 목록에서 너무도 쉽게 뺄 수 있었다는 것이다. 우리가 정말 필요로 하는 '꼭' 리스트는 가끔 진짜 리스트가 아니다.

# Insight, 통찰

책을 천 권 정도 읽고 나면 알게 모르게 책을 평가하고 있는 나를 발견하게 된다. 잦은 오타를 접하고 짜증을 내는 기초적인 단계를 지나 글쓴이의 의도를 이해하는 단계에서 다시 이 책이 다른 누군가에게도 꼭 읽혀야 할 정도의 값어치가 있는지 따져 보게 된다.

다시 꼭 읽어야 한다거나 다른 이에게 꼭 읽히고 싶은 책은 일 년에 기껏해야 한두 권 정도 밖에 만날 수가 없다. 책은 꼭 사서 읽어야 한다는 생각이 아직도 원칙인지라 한 번에 십여 권의 책을 모아서 주문하다보면 그 금액 또한 만만치가 않다. 그래서인지 점점 비싼 돈을 지불하고 덜컥 느낌으로 책을 구입하는 일이 부담스러워진다. 지불을 했으니 버리기가 아깝고, 다시 보기가 싫으니 먼지가 쌓여 지난 날 생각 없이 선택한 책들에 대한 나의 성급함과 미흡한 통찰을 먼지들이 쌓여가는 두께로 질타를 받기 때문이다.

앞으로는 도서관을 좀 더 자주 찾아야 하겠다. 꼭 학습만이 아니라 가볍게 신간을 접해보고 그 중에서 가치를 지불하고 구입해야 할 도서를 정성껏 골라내는 조금 더 깐깐하고 조심스러운, 그리고 소중한 일독을 먼저 거쳐야 할 것 같다. 읽어야 하는 책과 소장해야 할 책이 따로 있다는 것을 깨닫는 단계까지 온 것이다. 게다가 아내의 눈초리도 예전 같지 않음을 은연 중 느낀다.

# 산유국 만세

수도 루안다에서 회사를 향해 두 시간여를 넘게 달리다가 휴식을 위해 주유소에 잠시 멈추었다. 커피를 한 잔 시키고 기름을 주유하려니 주유소에 기름이 없단다. 주말이라 급유차가 쉰다는데.

이 나라는 산유국이고 주말을 대비하여 주유소는 기름을 준비해 놓아야 하는데, 기름도 없고 대책도 없다고 한다. 걱정에 가슴을 졸이는 나와는 달리 운전기사는 익숙한 듯 길가에서 엔진오일을 파는 어느 가게에 들린다. 혹시 쓸려고 비축해둔 연료가 있는지 묻고는 가격을 흥정한다. 호스를 가져와 드럼통에서 빨아 내더니 기름을 조금 채운다. 집까지는 가겠다.

시스템은 없지만 이런 환경에서 살아남는 법을 이곳의 운전기사들은 너무나 잘 알고 있다. 그래서 기름이 모두 소진되어도 나처럼 불안해하지 않는다. 마치 당연한 일을 마주하는 것처럼 원칙보다는 변칙에 너무나 익숙한 모습이다. 아니면 원래 정상적인 상황을 기대할 수 없음에 익숙해져 버렸거나. 비정상이 정상이다.

나도 여기에서는 저리 살아야 하는 게 아닌가 진지하게 고민하게 된다.

# 어둠

저녁식사를 준비해야 하는 초저녁이다. 오후부터 정전이 된 우리 마을은 서서히 암흑 속으로 잠기고 발전기가 고장인지 또 기름이 떨어진 건지 우리 숙소의 발전기는 아직 소식이 없다.

저녁 식사준비를 미루고 어둠 속에서 그저 전기가 들어오기만을 기다릴 뿐. 밥 한 그릇을 위해서도 인내가 필요하다. 전기가 다시 들어온 시간에 맞추어 서둘러 후딱 저녁을 먹어치운다.

잠들기 전 운동을 하다가 막 땀이 나기 시작하는 찰나, 또 갑자기 전기가 나갔다. 급히 촛불을 켜고 밖을 내다보니 또 정전이다. 하룻밤에 두 번 정전이 되는, 그 몇 번 안 된다는 일 년 중의 그 날이 오늘인가 보다.

물도 안 나오는 수도꼭지를 원망하다가 어둠 속을 헤집고 방안을 돌아다니는 도마뱀을 넋을 놓고 본다. 딱히 이 방 안에서 불이 간절히 필요한 생명체가 있다거나 당장 불이 꼭 있어야 할 이유는 찾을 순 없지만 익숙함에 대한 아쉬움 때문에 불이 그리운 것이다. 덕분에 쓸데없이 뒤적이던 인터넷과 마침 따분했던 책도 내려놓고 눈을 감을 필요도 없이 아늑함을 즐긴다. 때론 스스로는 절대 만들지 못했던 이 정제되고 고요한 시간을 맞이하게 만든 어둠에 감사할 일이다.

# 뉴스

### 뉴스 2016(WP)

고유가에 따른 경제성장으로 '새로운 두바이'로 불렸던 앙골라가 비극을 겪고 있다. 전체 수출의 97%가 원유로 석유 수출이 급격히 감소하면서 달러 유입이 줄고 수입가격이 상승하면서 식량가격이 1년 전 대비 5배 가량 뛰었다. 해외 전문인력에 급료를 지급할 여력이 없어지면서 의사, 교사, 엔지니어 등의 엑소더스 현상이 심화.

### 뉴스 2016(WP)

지난해 정부 재정을 53% 정도 줄이면서 말라리아, 황열 등의 전염병이 창궐. 정부가 말라리아 예방접종에 예산을 한 푼도 배정하지 않으면서 올해 1~3월까지 3,000명 가량이 사망. 정부가 쓰레기를 방치한 탓에 모기가 급증하면서 예방 가능한 질병인 황열이 발병해 350명이 최근 목숨을 잃었다.

뉴스 2016(WP)

소수 특권층이 부를 독점, 산토스 대통령의 딸인 이자벨은 지난해 12월 미국 가수 니키 미나즈를 초청하는데 100만 달러를 사용. 올해에는 국영 석유기업 회장에 올라 아프리카 최초 억만장자가 됐다.
국제투명성기구가 발표한 부패지수에서 168개국 중 163위.

뉴스 2016(WP)

국제통화기금(IMF)에 15억 달러의 구제금융을 신청, 앙골라의 IMF 구제금융 신청은 2009년 14억 달러의 긴급 구제금융을 받은데 이어 두 번째다. 앙골라는 2009년에 받은 구제금융 자금을 아직 갚는 중이다.

# 총성

2015년 7월 13일 밤 9시. 숙소 문 앞에서 갑자기 울린 한 발의 총성으로 모두가 긴장하여 숨을 죽인다. 곧 이어지는 고함 소리와 웅성거림. 주체할 수 없는 호기심에 문까지는 왔지만 경비들의 제지로 밖으로 나가볼 수가 없다.

집 앞 UNITEL 전화기 대리점인데 계속 사람들이 몰려들고 절규하는 여자의 목소리, 재잘거리는 아이들의 목소리, 그리고 가끔 큰 소리로 사람들을 멀리 쫓는 듯한 남자의 거친 목소리까지. 가게에 도둑이나 강도가 또 들었거나 아니면 마침 그 앞에서 누군가가 강도를 당했거나 개인적인 시비가 일어난 것이리라.

왜 내전이 종료된 후에도 총기 수거를 철저히 하지 않아서 이렇게 자주 총소리를 듣게 하는지. 알 수 없는 대상에게 나도 분을 털어낸다. 어쨌든 대책 없는 우리는 뒤돌아 각자의 방으로 들어가 오지 않는 잠을 억지로 청해 본다. 그 뒤로는 총 소리가 나지 않았다.

다음 날 아침. 손짓 발짓으로 경비들에게 자초지종을 물어 보았으나 말이 통하지가 않으니…. 그저 사람들이 모여 들어 소란을 피웠고 가게를 지키던 경비가 공포탄을 쏘았는데 어찌구저쩌구 하는 것으로 이해를 했다.

10여 년 전 내전이 끝난 앙골라의 전직 군인들이 거의 모든 상가에서 경비 자리를 얻어 지키고 있는데, 아직도 실탄을 소지하고 있다는 이야기를 나중에나 들었다. 그래도 가끔씩 밤길에 습격한다는 강도들은 모두 칼로 강도짓을 한다니 그나마 안심이라고 해야 하나.
큰 위험이 작은 위험을 잊게 해준다?

# 저녁만 있는 삶

흔히들 저녁이 없는 삶을 산다고 한다. 여기서 나는 종종 저녁만 있는 삶을 살아간다. 비어버린 냉장고를 간만에 채우려 오늘도 퇴근을 하고 동네 마트에 시장을 보러 간다. 오늘 저녁거리를 준비해야 하는데 앙골라의 동네 마트가 다 그러하듯 신선한 야채라고는 오늘도 덩그러니 선반에 놓인 양배추 밖에 없네. 오늘은 이놈을 삶아서 된장과 먹어 볼까나.

숙소로 돌아와 부지런히 작업복부터 벗어던지고 식당으로 향한다. 일회용 국거리를 뜯으며 물을 끓이고 다른 냄비에 식수를 끓이며 양배추의 양을 가늠한다. 오늘 저녁 한 끼에 남기지 않고 삶아 먹을 수 있는 양을 잘 조절해야 한다. 일회용 국거리는 유통 기한이 얼마 남지 않은 거라 저번 주에 다져놓은 마늘과 아껴둔 양파 반쪽을 썰어 넣으면 조금은 신선하게 느껴지겠지. 아침에 해둔 밥이 좀 말랐을라나. 다시 방으로 돌아와 밥통에 물을 살짝 붓고 다시 보온 상태로. 삶은 양배추를 건져 요령껏 찬물에 헹구고는 국과 함께 방으로 이동. 냉장고에서 저번에 한국에서 가져온 각종 캔 통조림을 훑어보고 오늘 땡기는 것으로 개빙하고 책상 섬 식탁에 깔아 본다.

준비한 시간에 비해 먹어치우는 시간은 항상 너무나 짧다. 양배추가 몇 조각 남기는 했지만 그럭저럭 양을 잘 맞춘 듯. 담배 한 대를 피워 물고는 밖으로 나와 어떤 그릇부터 설거지를 할까하고 잠시 작전을 짠다. 아까 물에 불려둔 밥통부터 시작하여 다른 그릇과 수저를 씻어 정리하고 시계를 본다. 장을 보고 2시간 반이 지났다. 좀 있으면 잘 시간이다. 저녁만 있는 저녁이 되었다.

저녁이 없는 삶이나 저녁도 있는 삶, 그리고 저녁 밖에 없는 삶. 이곳에서도 저녁에 대한 나의 선택권은 없다. 살기 위해서는 저녁만 있는 삶을 살 수밖에. 우리에게 필요한 건 저녁이 있고 없고가 아니라 그런 선택권이 있느냐 없느냐의 문제가 아닐까 하며 쓸잘데기 없는 몽상에서 벗어난다.

남은 저녁 시간을 악착같이 다른 방향으로 써보아야 미련이 덜할 듯해서.

# 인생의 깊이

생각해 보면 20대에서 30대로 넘어가는 시기에 높은 곳을 바라보며 참으로 열심히 살지 않았나 하고 기억이 난다. 40대로 넘어갈 때는 높이보다는 보다 넓은 세상을 경험해 보고 아울러 다양한 경험이 높이 올라가는 것보다 중요하다고 생각했다. 이제 갓 50대로 넘어 오면서 더 이상 높이도 넓이도 내가 계속 추구할 가치는 아니라는 생각이 들었다. 그러자 남는 건 깊이 밖에 없었다.

인생의 남은 시간들은 좀 더 깊이가 있는 일에 몰두해 보면 어떨까하는 생각을 자주 한다.

높이와 넓이를 다 경험하지도 못했지만 깊이도 알고 싶다. 팔 때까지 깊이 파보고도 만족하지 못하면 무엇에 또 집중하게 될까? 길이? 더 길게 살아 보겠다고 아등바등 하게 될까? 모르겠다. 궁금해서 살다보니 여기까지 살았다.

# 앙골라를
# 떠난다

2년을 계획하고 시작한 이곳의 생활이 어느새 3년을 채웠고, 이 틀 후면 앙골라를 떠날 시간이다. 늘 그렇듯이 가는 자와 남는 자는 짧은 인사로 서로 일순간의 어색함을 나누고 헤어질 것이다. 그렇게 이들은 이들의 삶을 살고 나는 다시 나의 삶을 원래 자리에서 이어갈 뿐이다.

처음에 이곳에 발을 들이며 '건강하자. 그리고 많이 생각하자.' 했던 다짐들은 지켜냈다. 그리고 중동의 오만과는 또 다른 기후 와 토질, 그리고 그 속에서 순탄치 않은 역사의 풍파를 헤치며 열심히 하루를 살아내는 강인한 색깔의 사람들을 만나고 돌아 간다. 삶을 시작하는 출발선이 우리와는 너무 다른 나라였다.

물질과 편리함을 추구하며 높은 곳을 바라보고 멀리만 가려고 했던 나를 이 작은 마을에 꽁꽁 묶어둘 수 있었다. 무엇보다 돈 이 있어도 살 것이 없었고 차가 있어도 갈 곳이 없었다. 생각하 고 수양하고 사람만 바라보며 살았다.

이제 다시 봉인이 풀리더라도 쉬이 잊지 못할 추억들에 가슴이
먹먹해진다. 그리고 어디선가 북소리가 들리면 아프리카를 떠
올리며 한동안 고개를 돌리게 되리라.